신우재 산문집

나무야 고맙다

신우재 산문집

나무야
고맙다

화산
문화

책머리에

50대 중반에 직장을 물러나면서 서울을 떠나 시골로 살터를 옮겼습니다. 오래 기다렸던 하방(下放)이었기에 마음은 더없이 홀가분했습니다. 직장도 자주 옮기고 늘 쫓기며 살았기에 이제부터는 내 삶에 쉼표 하나 크게 찍어 놓고, 진정 좋아하는 일, 하고 싶은 일을 하며 살자는 것이 저의 다짐이었습니다.

그렇게 시작한 시골살이가 이제 10년이 넘었습니다. 그동안 바람과 햇빛 속에서 흙과 더불어 살면서 외람된 일을 몇 가지 했습니다. 대학에 출강도 하고, 기회가 주어질 때마다 이런저런 출판물에 글도 썼습니다. 카메라를 메고 들과 산으로 쏘다니기도 했습니다. 그러나 무엇 하나 제대로 한 것이 없음을 부끄럽지만 고백하지 않을 수 없습니다.

이 책에 실린 글들은 이런 무위(無爲)의 생활에 대한 독백이자 잡담입니다. 대부분은 2003년부터 5년간 격월간지 『공동선』에 실렸던 것들입니다.

글을 쓴다는 것은 저에게는 늘 두려운 일입니다. 책을 낸다는 것은 더욱 겁나는 일입니다. 그럼에도 이 책을 묶어 내기로 한 것은 아직도 저에게 부질없는 나르키소스가 남아 있기 때문인지 모릅니다.

저의 시골생활의 유쾌한 동반자이고, 저를 늘 자유롭게 해 준 아내 김지명에게 이 책의 첫 권을 주고 싶습니다. 아내는 제가 쓴 모든 글의 첫 번째 독자였고 신랄한 비평자였습니다.

책을 내는 데 도움을 주신 도서출판 '화산문화'의 허만일 사장께도 감사드립니다.

2008년 세밑

신 우 재

차례

책머리에

1 시골살이 10년

2 일상 속의 느낌표

3 사람이 아름답다

1
시골살이 10년

시골집 이름 짓기

시골집으로 이사한 후 집에 이름을 하나 붙이기로 했다. 키우는 개도 이름이 있는데 집에 당호(堂號)가 없을소냐. 집에 이름을 붙이는 것은 시골집 주인이 누릴 수 있는 특권 중 하나다. 서울의 단독주택에 이름을 잘못 붙이면 한정식집이나 점치는 집으로 오해 받기 십상이다. 수십억짜리 호화 아파트라도 당호를 붙이는 것은 격에 맞지 않는다. 좀 안된 일이지만 아파트에 사시는 분들은 집 이름도 몇 십 명에서 몇 천 명이 같은 이름을 써야 한다. 그러나 초가삼간일지라도 시골집은 혼자만의 이름을 뽐낼 수 있다.

집에 이름을 붙이겠다고 하니 아내가 "'송촌잡초원'이라고 하면 어떨까?"하고 깔깔 웃는다. 집주인이 게을러서 마당에 잡초가 무성한 것을 빗댄 말이다. 송촌은 우리 동네 이름이다. 집주인이 야생화를 좋아하고 마당에도 좀 심어 볼 생각을 하고 있었기에 들꽃이나 야생화와 관련한 이름을 지어 볼 궁리도·했었다.

그러나 우리 동네에 '들꽃'이란 말이 들어간 전원카페가 새로 생겨서 이런 생각은 접기로 했다. 결국 책상퇴물에 걸맞은 이름을 한문 고전에서 골라 보기로 했다.

책을 들추어 가며 좋은 이름을 찾아내느라 고심을 했지만 얕은 실력으로 마음에 드는 이름을 찾기가 쉽지 않았다. 마침 내가 출강하던 대학의 K교수님이 놀러오셨다가 이백(李白)의 시「산중문답」(山中問答)에 나오는 問余何意棲碧山 笑而不答心自閑(왜 푸른 산속에 사느냐고 나에게 묻기에, 그냥 웃고 대답은 안 했지만 마음은 한가롭네)에서 笑而 두 글자를 골라 주셨다.

멋진 이름이다. 그런데 선뜻 내키지는 않았다. 나와 같은 속인에게는 좀 과한 이름이라는 생각이 들었다. 세상을 버리고 산중으로 들어온 것도 아니고, 대답 대신 그냥 웃기만 할 정도로 초연하고 고고한 경지에 가 본 적도 없기 때문이다. 이런 이름을 썼다가는 자칫 방자와 외람으로 비칠 수도 있을 터이다.

그러던 어느 날 임어당(林語堂)이 쓴「장자가 노자를 이야기하다」를 읽다가 '返樸歸眞'이라는 넉 자를 만났다. 그 순간 '이거다!' 하면서 눈이 번쩍 뜨였다. 返樸歸眞 넉 자는 노자사상의 전체를 압축하고 있는 말이라고 했다. 박(樸)은 가공하지 않은 통나무 상태를 뜻한다. 글자대로 풀이하면 손대지 않은 통나무 상태로 돌아가고 본연의 것, 원래의 것으로 되돌아가라는 뜻이다. 사람들은 통나무를 자르고 깎아서 필요한 것들을 만들어 낸다. 집도 짓고 책상도 만들고, 방망이도 깎아 낸다. 그러나 사람들은 이러한 물건들이 원래 통나무였음을 잊는다. 인간 본연의 원형을 망각하고 지엽말단적인 세속사에 휘말려 인성과 자연을 파괴하고 산다는 것이다.

返樸歸眞은 이러한 자기 소외와 괴리로부터 벗어나 원래의 자연과 진실로 복귀하라는 말씀이다. 마치 내가 그동안 살아온 길을 꿰뚫어 보고 "자네는 지금까지 먹고사느라 덧없고 헛된 일을 많이 했네만, 이제부터라도 정신 차리고 진실하게 살아 보게"란 꾸짖음으로 들렸다.

지나간 세월을 돌이켜 보면 우왕좌왕하면서 살아온 것이 좀 부끄럽다. 직업과 직장도 여러 번 바꾸었고, 줏대가 약해서 제 갈 길을 제힘으로 열어 나가기 보다는 늘 상황의 노예가 되어 끌려 다닌 편이었다. 하고 싶은 일을 하고 살았던 것이 아니라 주어진 일을 하고 살았다. 가고 싶었던 곳에 간 것이 아니라 물결이 보내 준 데로 갔다. 서까래나 기둥이 되고 싶었던 통나무가 부지깽이나 젓가락이 되어 버린 격이다.

그날로 우리 집의 당호는 귀진재(歸眞齋)로 결정되었다. 이름은 지었지만 현판은 달지 않기로 했다. '歸眞' 두 글자를 마음속에 새기고 살면 그것으로 족하지 않겠느냐는 생각이다. 또 그렇게 노력을 하다 보면 언젠가 '笑而'의 경지에 가깝게 갈 수도 있다고 믿는다.

아내가 '歸眞'의 뜻에 가까운 영시 한 편을 찾아냈다. 윌리엄 버틀러 예이츠의 "The Coming Of Wisdom With Time"이란

시다. 여기 원문과 나의 졸역을 옮겨 본다.

Leaves are many,

The root is one;

Through all the lying days of my youth

I swayed my leaves and flowers in the sun;

Now I may wither into the truth.

잎새는 많으나

뿌리는 단 하나

허위에 찬 내 청춘의 숱한 날

나는 햇빛에 잎새와 꽃을 휘둘렀나니

이제 진실 속으로 이울어 들려네

호미

동네 농협에 들렀다가 제대로 만든 호미가 눈에 띄어 한 자루 샀다. 서당 개도 3년이 되면 풍월을 읊는다는데 시골생활을 하면서 자주 호미를 쓰다 보니 이제는 잘 만든 호미와 잘 못 만든 호미를 분간할 줄은 알게 되었다. 농기구를 파는 곳을 지나가다가도 잘 만든 호미를 보면 당장 급하지도 않은데 사들고 오곤 한다. 호미도 여러 종류가 있어서 용도대로 쓰면 매우 편하다는 것도 깨달았다. 손에 익은 호미, 잘 만든 호미를 소중히 다룰 줄도 알게 되었다.

처음에는 모든 호미가 다 같은 줄 알았다. 귀하게 여기지도 않았다. 호미 한 자루는 보통 3000원쯤 한다. 농협에서는 2000원에 살 수 있다. 흔하고 값이 싸기 때문에 쓰다가 잃어버려도 그다지 섭섭할 것도 없다. "병신이 호미 훔친다"는 속담이 있다. 어리숙하게 보이는 사람이 엉뚱한 짓을 할 때 쓰는 말이다. 그러나 요즘 남의 집 호미를 탐내 훔쳐 갈 사람은 없을 것이다.

나도 호미를 소모품처럼 써 왔다. 아무 호미나 눈에 띄는 대로 몇 개 사다가 쓰면서 일을 하다가 아무데나 던져두고, 나중에 찾다가 못 찾으면 다른 것을 꺼내서 쓰고, 그래도 없으면 시장에 가서 다시 몇 자루를 사다 썼다. 가을이 깊어 서리가 내리고 잡초가 폭삭 사그라지면 풀숲 여기저기서 잃어버렸던 호미가 무심한 주인을 원망하듯 날은 시뻘겋게 녹이 슬고 자루는 거무스름하게 반쯤 썩어서 나타나곤 했다.

요즘은 좀 달라졌다. 마음에 드는 호미를 사게 되면 우선 나무 자루에 기름을 듬뿍 먹인다. 호미 자루는 보통 그다지 좋은 나무를 안 쓰기 때문에 갈라터지거나 쉬이 삭는다. 그리고 마당일이 끝날 때는 반드시 쓰던 연장을 챙겨 둔다. 진작 깨달았어야 할 것들을 늘 늦게 깨닫는다는 것이 자주 듣는 아내의 핀잔이다.

호미는 역시 대장간에서 나온 것이라야 한다. 특수 탄소강과 스테인리스 등 좋은 소재를 써서 고압 프레스로 찍어서 만든 공장제품을 사다 써 본 적이 있다. 막상 사용해 보니 호미 형태나 기능이 호미를 어떻게 만들어야 하는지 잘 모르는 사람이 만든 것이 분명했다. 이 두 호미는 지금 장기 휴가 중이다.

제대로 만든 호미는 불속과 물속을 번갈아 드나들며 수 없이 망치질을 당한 끝에 탄생한다. 가끔 나는 새 호미의 망치자국을 들여다보며 대장장이가 흘렸을 땀을 생각해 본다. 도시의 전문 직종 사람들이 하루 버는 만큼 호미를 만들려면 수백 자루를 만들어야 한다. 대장장이는 인류의 가장 오래된 직업이고, 농경사회에서는 하이테크 산업이었을 것이다. 그러나 지금은 사양산업이고 한계산업이다. 그래도 아직 호미를 만들고 있는 기업과 사람들이 있는 것은 다행한 일이다.

솜씨 없는 놈이 연장 탓만 한다는 말이 있다. 마당일과 텃밭일이란 지루하고 힘도 드는지라 호미를 놀리면서 이보다 더 능률적이고 편한 연장은 없을까 하고 잔머리도 굴려 본다. 양재동의 원예도구 가게에서 이것저것 서양식 정원용구들을 잔뜩 사들여써 보기도 했다. 그러나 우리 호미만큼 융통성 있고 편리한 연장은 보지 못했다.

동네 할머니들을 보면 호미를 다양하게 쓴다. 할머니들은 호미 한 자루로 텃밭 농사를 다 짓는다. 서울 사람들이 사 놓고 놀리는 밭이 할머니들의 텃밭이다. 봄철, 땅이 녹으면 호미를 들고 나와 묵은 잡초를 제거하면서 흙을 뒤집는다. 퇴비를 뿌리고 호미로 흙과 섞어 놓고 두둑을 짓는다. 퇴비의 발효가스가 빠질 때까지 묵힌 다음 호미로 고랑을 파서 씨를 뿌리고 다시 덮는다. 이후 모종을 옮겨 심고, 김을 매고 알뿌리를 거두는 일 등이 모두 호미 한 자루로 한다.

호미는 작은 쟁기이자 제초기이며, 흙을 깨고 비료와 섞는 로타리 도구이자 파종과 복토 도구다. 또 모종 이식과 수확의 장비도 된다. 대단한 융통성이다. 할머니들이 앉아서 놀이하듯 호미를 놀리는 것을 보면 호미는 근력이 약한 사람들이 힘을 덜 들이고 땅을 다룰 수 있는 농기구라는 것을 깨달았다. 인체공학적으로 우수하다는 이야기다.

내 이웃인 두 할머니는 이렇게 지은 농산물을 도회지에 나가 사는 자녀들에게 바리바리 싸서 보낸다. 그 모습을 보면 옛적부터 식솔들을 먹여 살린 으뜸 공로는 호미를 쥔 어머니들에게 돌려야 할 것이라고 생각해 본다. 우리 조선의 보통 어머니들의 손에는 늘 호미가 아니면 물레나 베틀 또는 식칼이 쥐어 있었을 것이다.

호미는 우리 농민들의 오랜 경험과 쇠를 다루는 장인의 기술이 결합하여 진화를 거듭한 끝에 만들어 낸 산물이다. 농가의 어른들은 장날 읍내 대장간에 가서 호미를 맞추면서 호미를 써 본 경험을 바탕으로 쓰기 더 편하게 날의 모양, 자루와 날의 각도, 자루의 길이 등을 주문했을 것이다. 그런 요구들을 숱하게 들어온 대장장이는 사람들의 요구를 종합하여 더 나은 호미를 만들게 되었을 것이다.

그래서 호미는 지방마다 다르고, 용도에 따라 다르다. 고장마다 농작물이 다르고 토질이 다르기 때문이다. 기호와 호남지방의 호미는 보습형이다. 논농사를 많이 짓기 때문에 논을 매는 용도에 적합하도록 호미를 당기면 흙이 옆으로 뒤집히도록 날이 비스듬하게 만들었다. 밭농사가 많고 흙에 돌이 많은 영남과 제주도, 그리고 섬지방과 산간마을에서 쓰는 호미는 폭이 좁고 끝이 뾰족한 낫 형이다. 나도 우연히 이런 호미를 하나 구해서 써 봤는데 딱딱한 땅과 돌 많은 땅에서는 쓰기가 아주 편했다.

중부 이북의 호미는 날과 자루가 긴 삼각호미(두귀호미, 양귀 호미라고도 부른다)를 많이 쓴다. 보리, 밀, 수수, 콩 등 고랑이 넓은 밭에서 일하기에는 능률적이지만 흙을 뒤엎는 기능은 약하다. 동네 농기구점에서 삼각호미에 '이북호미'라고 써 붙여 놓은 것을 본 적이 있다.

이 밖에도 산에서 약초를 캐기 좋게 만든 약초호미, 파를 모종 낼 때 쓰는 파호미, 낙지잡이용 낙지호미 등 호미의 종류는 다양하다. 이처럼 재미있는 우리 호미의 지방별 다양성을 조사하여 훌륭한 석사논문을 쓴 분도 있다.

호미는 우리 민족의 대표적인 농구라고 보아도 무방할 것이다. 문헌상으로 1446년 세종조 때 간행된 『훈민정음해례본』에 '호미'가 나온다. 정철과 김굉필의 시조에 각각 "오날도 날 새거나 호미메고 가쟈스라", "삿갓세 도롱이 닙고 세우중에 호미 메고"라는 구절이 있다. 호미는 우리 민족의 생활에 깊은 뿌리를 가지고 있는 것이 분명하다. 백두산과 연변을 여행하던 중 가이드가 버스 차창 밖 벌판을 가르키며 "앉아서 호미로 김을 매는 사람들은 조선족이고, 서서 괭이로 김을 매는 사람은 한족"이라고 한 말이 생각난다.

호미는 이제 다른 나라에서도 인기 있는 정원용구로 보급되고 있다. 최근 인터넷을 뒤지다 미국과 오스트레일리아 등 서양에서 호미가 인기 있는 정원도구로 팔리고 있는 것을 발견하고 한

편 놀랍기도 하고 반갑기도 했다. 이름도 Homi, Korean hand plow(호미, 한국의 손 쟁기)라고 이름 붙인 사이트도 있고, Korean Hand Hoe, E.Z. Digger라고 이름 붙인 사이트도 있었다. 어떤 사이트에서는 보습형호미, 삼각호미, 애기호미를 세트로 만들어 팔고 있었다. 값도 한 자루에 15~18달러로 국내 가격에 비해 만만치 않다. 서서 쓸 수 있도록 긴 자루가 달린 호미는 34달러나 한다. 호미는 우리도 잘 모르는 사이에 세계시장으로 나가서 한국의 농경문화를 널리 알리고 있는 셈이다.

여기에 딸린 선전문구들은 우리가 모르던 호미의 미덕을 알려준다. 한 인터넷 정원용구 쇼핑사이트에서는 호미는 백조의 목처럼 휘어져 있어 보기에는 쓰기 불편해 보이지만 한번 사용해 보면 성능에 놀라게 된다면서, "이 물건은 절대로 다른 정원 동호인에게 빌려 주지 말라"고 했다. 너무 편리해서 돌려 줄 생각을 하지 않을 것이기 때문이란다.

미국의 한 사이트에서는 "우리의 마음을 사로잡은 동양의 정원용구"라고 했고, 다른 사이트에서는 "한국 농부들이 수백 년 동안 진화시킨 산물"이라고 했다.

호미의 인기는 어디서 오는 것일까? 그것은 두말할 것도 없이 땅과 흙을 다루는 여러 용도를 하나로 모은 융통성에 있다. 전문화와 분화를 좋아하는 서양인들은 땅을 파고 고르고, 골을 내고 골을 되메우고, 모종을 심고 잡초를 뽑는 일에 각각 다른 도구를 쓴다. 정원 일을 하려면 이런 여러 도구들을 담는 가방을 들고 다니면서 일을 한다. 서양식 합리주의에는 이런 꽉 막히고 답답한 구석이 있다. 코스별로 나오는 서양요리와 번잡한 식사 도구 같다. 그러나 호미 한 자루만 들고 나가면 이 모든 일을 해치울 수 있다. 우리의 비빔밥과 숟가락을 닮았다고나 할까.

호미가 갖는 인체공학적인 합리성도 인기의 또 다른 비결이다. 호미는 주로 당기고, 찍고, 긁어서 사용한다. 이런 동작은 밀고, 비트는 것보다 힘이 덜 든다. 체중과 도구의 중력을 최대한 이용할 수 있기 때문이다. 또 앉아서 사용하기 때문에 서서 하는 것보다 힘도 덜 든다. 미국의 한 호미 애호가는 꽃삽으로 수백 수천 개의 모종을 심느라 손목이 아프도록 꽃삽을 비틀다가 찍어 당겨서 쓰는 호미를 알게 된 후로는 정원 일이 한결 수월해졌다고 말했다. 또 어떤 부인은 허리가 나빠서 서서 쓰는 농기구를 사용할 수 없었는데 이제는 호미 한 자루만 가지고 정원에 나가서 손쉽게 모든 일을 다 할 수 있게 되었다고 했다.

물론 이런 찬사는 대체로 장삿속에서 나온 것이긴 하지만 근거 없는 과장은 하나도 없다. 호미는 우리 농경문화 전통이 만들어 낸 세계에 자랑해도 좋은 농기구이다. 그리고 그 가치를 우리가 미쳐 충분히 깨닫기 전에 다른 나라 사람들이 먼저 알고 재빠르게 상품화한 것이다.

얼마 전 문화관광부에서 우리 문화 상징 100개를 선정하여 발표한 적이 있다.

이 중 사회 및 생활 상징이 34개인데, 농업에 관한 것은 단 한 개도 없었다. 호미는 그 100개 상징에 넣어도 손색이 없다는 생각이다.

(2006. 11.)

나무야 고맙다

나는 우리 말 중에서 '숲'이란 말을 좋아한다. 이 말이 내게 주는 느낌은 무언가 깊고 한적하고, 보이지 않는 생명의 기쁨이 가득한 공간이다. 숲은 '수풀'의 준말이다. 사전은 수풀을 "나무가 무성하게 들어찬 곳", "풀 나무 덩굴이 한데 엉켜있는 곳"이라고 설명한다. 그러나 나에게 숲은 이런 설명을 넘어선 존재이다. 그것은 내가 나무와 숲과 함께 보낸 행복한 시간을 다소 많이 가졌던 탓일 것이다. 그러기에 숲이란 말은 나에게 늘 길 떠나기에 대한 충동과 먼 곳에 대한 그리움을 일깨워 주는 말이다. 나는 숲이 갖는 이런 이미지뿐만 아니라 글자 모양이 주는 조형미까지도 사랑한다.

우리 집은 내 손으로 심은 나무로 둘러싸여 있다. 멀리서 보면 제법 조그만 숲처럼 보인다. 집 뒤 서쪽에는 느티나무, 북쪽 울타리에는 은행나무와 뽕나무, 집 앞쪽에 조그만 텃밭에는 모감주나무가 큰 그늘을 만들고 있다. 길과 경계선을 따라 이팝나무,

때죽나무, 층층나무, 목련을 돌려 심었다. 텃밭의 한쪽에 묘목을 사다 심은 산딸나무, 대추나무, 매실나무, 산수유, 쪽동백, 왕보리수도 어느 틈에 키가 훌쩍 커서 좁은 땅에서 서로 어깨를 비비고 있다. 올 가을에는 여러 그루를 캐내어 다른 데로 시집보내야 겠다. 백당수국, 단풍나무, 자작나무, 좀작살나무, 화살나무도 심었다. 텃밭의 경계는 쥐똥나무, 명자나무, 무궁화, 조팝나무를 섞어서 생울타리를 둘러쳤다.

내가 심은 나무들은 대부분 값이 헐한 활엽수다. 상록수는 우선 값도 비싸거니와 내 기호와도 잘 안 맞는다. 표정 없는 상록수보다는 꽃 피우고 열매 맺고, 가야 할 때와 와야 할 때를 스스로 알아 철따라 모습을 바꾸는 활엽수가 좋다.

집 앞쪽의 모감주나무 세 그루와 뒤뜰의 느티나무 세 그루는 내가 특히 아끼는 나무다. 모감주 3형제는 내 손으로 씨를 뿌린 지 14년 만에 높이 6미터까지 자라 나에게 5평 남짓의 소중한 그늘을 베풀어 주고 있다. 뿐만 아니라 꽃이 귀한 7월에 찬란한 황금색 꽃을 가득 피워 보는 이들을 즐겁게 해 준다.

모감주 씨를 심던 해 회초리로 쓰기 딱 알맞은 크기의 묘목을 사다 심은 느티나무도 지금은 높이가 10여 미터 이상 자랐고, 세 그루가 합쳐서 30평 가까운 시원한 그늘을 만들어 주고 있다. 동향집인 우리 집은 여름철 해가 질 무렵이면 서쪽 창으로 들어오는 햇살이 무척 따가웠는데 이제는 이 늠름한 느티나무 3형제가 햇살을 적당히 막아 주고 있다. 느티나무의 키가 나이에 비해 유난히 큰 것은 햇빛을 더 차지하기 위해 우리 집 지붕과 키 싸움을 벌였기 때문이리라.

나무가 자라는 것을 보면 그동안 사람인 나는 무얼 했나 하는 생각이 저절로 든다. 크고 오래된 나무 앞에 서면 인간이란 존재가 왜소해 보인다. 나이가 천년이나 된다는 용문사 은행나무는 인간으로 치면 33대 조상과 나이가 맞먹는다. 고려와 조선과 대한민국의 역사를 한 생명으로 살아온 셈이다.

묘목을 심는 것을 보고 대부분의 사람들은 "저것이 언제 자랄까" 하는 생각을 하게 된다. 나도 그랬다. 우리 모두가 급변하는 사회에 살다 보니 마음은 조급해지고 시간에 대한 호흡이 점점 짧아져만 간다. 그렇기에 나는 우직하게 나무를 심는 분들을 존경한다. 나라 안에서 좋은 숲을 가꾼 분들, 긴 안목을 가지고 해외에서 경제림을 가꾼 기업인들이 그런 분들이다. 하동시내와 쌍계사 사이, 그리고 전주와 군산 국도변에 벚나무를 심어 오늘의 명소를 만든 것도 안목이 긴 분들이 이룬 훌륭한 업적이다. 무엇보다도 민둥산을 오늘의 푸른 산으로 바꾸는데 불굴의 의지를 보여준 대통령들의 치적도 길이 기억하고 싶다.

날씨가 더워지면 나는 내 집 앞뒤에 있는 꼬마 숲의 그늘에서 많은 시간을 보낸다. 김을 매다가 앉아서 쉬기도 하고 책과 커피와 담배를 벗 삼기도 한다. 나를 찾아오는 분들을 만나 소주와 맥주를 마시며 정담을 나누기도 한다. 햇살이 아무리 따가워도 나무가 만들어 주는 그늘은 시원하다.

가을이 되면 마당에 낙엽이 수북이 쌓인다. 나뭇잎 하나라도 허투루 버리지 않고 알뜰히 모아다 퇴비장에 쌓는 일이 나의 일과이다. 이렇게 모은 낙엽은 2년쯤 잘 썩히면 화분에 쓰기 좋은 부엽토가 된다. 나무가 선물해 주는 매실, 대추, 왕보리수, 오디, 은행, 오미자는 연중 먹을거리가 된다. 열매를 거둘 철이 되면 잼과 즙을 만들어 가까운 친지들과 나누어 먹는다.

때로는 이처럼 나무와 숲의 베품을 즐기며 한적하게 사는 것이 도시에서 사는 분들에게 미안하다는 생각도 해 본다. 그들에게 물으면 "천만에, 조금도 미안하게 생각할 필요가 없어요. 나는 벌레에 물리고 땀에 절어서 지내는 그런 생활을 할 생각이 없으니"라고 말할지 모른다.

집 앞으로 대형 포크레인이 굉음을 내고 달려간다. 대형 덤프 트럭이 몇 대 뒤따라간다. 경운기 길보다 조금 넓은 포장도로가 그 압도적인 무게에 몸이 갈라질까 두려워 와들와들 떤다. 그늘에 앉아 백일몽에 잠겼던 나도 깜짝 놀라 깬다.

요즘 우리 마을과 이웃 마을에 중장비들의 극성이 유난히 심하다. 멀쩡한 숲을 깎아내고 그 자리에 택지가 만들어지거나 거대한 창고가 들어선다. 멀쩡한 논이 수없이 매립된다. 한참 후에 보면 창고는 식당이나 상점이 되어 있고, 논을 매립한 곳에는 집이나 창고가 들어선다.

지난해에는 우리 집 바로 앞의 울창했던 느티나무 조림지가 모두 파헤쳐지고 그 자리에 덤프트럭이 몇 천 대분의 흙을 실어다 부었다. 중장비의 무게에 동네 길이 다 망가지고 주민들은 모두 굉음과 흙먼지에 시달려야 했다. 그래서 나는 포크레인이나 덤프트럭을 보면 걱정부터 앞선다. 이 겁나는 기계들이 파내고 정리하고 다듬는 좋은 일도 하겠지만 또 다른 곳에서는 우리 산천을 결딴내고 있을 테니까.

우리 세대는 나무를 심어야 나라가 흥한다는 말을 귀에 못이 박히도록 들었다. 산에 나무를 심자는 동요를 부르며 살았다. 덕분에 우리의 산은 푸르러졌고 민둥산은 옛이야기가 되었다. 요즘은 국민이나 위정자나 나무 심는 것에 그다지 관심을 갖고 있는 것 같지 않다.

그러나 산림녹화는 되었을 망정 도시와 생활 주변에서는 계속 나무가 잘려 나가고 있다. 저층아파트가 헐린 자리에 초고층아파트가 들어서고, 단독주택이 헐린 자리에 연립과 다세대주택이 들어서면서 대도시는 아주 빠르게 수직 슬럼으로 바뀌고 있다. 비행기를 타고 김포나 인천공항에 내릴 때마다 시야를 가득 메우는 녹색이라고는 전혀 없는 콩크리트 숲은 늘 가슴을 아프게 한다. 여름철이 되면 더위 때문에 가장 고생하는 사람들은 녹지가 전혀 없는 초고층 아파트 주민들이다. 모두가 다투어 냉방장치를 하니 이래서야 어떻게 고유가 시대를 견뎌 내겠는가.

이제 우리의 일상생활 속으로 나무와 숲을 끌어들일 때가 되었다. 산림녹화를 하던 정열을 가지고 도시녹화에 나섬 직하다. 학교에도 나무와 잔디를 심고, 도로와 강변 등 모든 여유 공간에 더 많은 숲을 조성하는 것이다. 폐기물 하치장처럼 버려진 모든 빌딩의 옥상에 나무와 잔디를 심는 것을 적극 장려하는 제도도 마련하면 좋을 것이다. 관련 세금을 좀 줄여 주거나 장려금을 지급하면 된다. 도시를 더 푸르게 하는 데 한 10년 열심히 노력하면 한 여름의 도심지 온도를 몇 도는 낮출 수 있을 것이다.

우리의 후손들을 나무가 우거진 환경에서 자라도록 해야 한다. 그들에게 나무와 숲의 고마움에 대하여 귀에 못이 박히도록 들려주어야 한다.

"모든 것은 나무와 숲에서 시작되었느니라. 숲은 강물을 따라 산에서 내려와 풍요로운 농토가 되었고, 더 멀리 바다로 나간 숲은 맛있는 물고기와 조개를 키우는 갯벌이 되었단다. 숲은 또 땅속에 묻혀 석유가 되고 석탄이 되었느니라. 너의 피와 살과 뼈가 모두 그 땅과 그 바다에서 온 것으로 이루어졌고, 너를 편하게 하는 모든 것이 석유와 석탄에서 왔느니라. 숲이 너에게 베푼 것이 이처럼 극진함을 잊지 말아라. 사람의 모든 것을 있게 하고 또 거두어 줄 숲과 나무를 망가뜨려서는 아니 되느니라."고……

(2004. 7.)

들꽃을 찾아서

　신상명세서나 이력서의 칸을 메우다 보면 '취미' 라는 난이 나온다. 한 때는 이 난을 메울 차례가 되면 좀 난감한 생각이 들곤 했다. 비워 두기는 좀 찜찜하여 '음악 감상' 이라고 써 넣기도 하고, 또 어떤 때는 '등산' 이라고 써 보기도 했다. 그런데 언제부터인가 나는 서슴없이 이 칸에 '야생화 관찰' 이라고 써 넣었다. 주말이나 휴일에 별일이 없으면 카메라 가방을 들고 가족과 함께 꽃산행을 하던 30대 후반부터라고 기억된다.

　그러던 중 친지 한 분이 "혼자만 즐기지 말고 찍은 사진으로 캘린더를 만들어 보라" 는 권유를 받고 좀 만용을 부려서 탁상 캘린더를 만들기 시작했다. 아내가 경영하는 회사의 홍보물과 사은품 명목으로 만든 것이었는데, 그 중 일부를 가까운 친지들에게 연하장 대신 보내 드린 것이 올해로 13년째이다.

　매년 연말, 빈약한 사진 원고를 뒤져 새해 캘린더를 만드노라면 적잖이 스트레스를 받는다. 좀 더 좋은 사진을 많이 찍어 두지 못한 것을 늘 후회한다. 눈은 높은데 솜씨와 부지런함이 그것을 따라가지 못한 데서 오는 고민일 터이다.

그러나 돌이켜보면 나는 들꽃이 있기에 행복하였다. 들꽃과 더불어 즐겁게 보낸 시간과 장소는 내게 가장 황홀한 영상으로 기억되어 있다. 햇볕이 찬란한 날, 꽃들이 흐드러지게 피어 있는 고원 초지나 계곡을 거닐 때의 기쁨을 어디에 비하랴. 살아 있다는 것 자체가 기쁘고, 시각이 온전하다는 것과, 이런 아름다운 땅에 산다는 것이 고맙다.

이런 많지 않은 순간들은 늘 나의 뇌리에 그림처럼 선연하게 남아 있다. 나이를 먹은 후의 대부분 기억은 시간과 더불어 금방 퇴색하기 마련인데 이런 기억은 좀처럼 빛이 바래지 않고 남아 있다. 아마도 사진의 도움을 받았기 때문이리라.

잠이 안 오는 밤이면 나는 눈을 감고 그런 행복한 정경들을 머릿속으로 재현하고 그곳을 거닐어 보는 버릇이 있다. 이 방법은 나에게는 어떤 수면제보다 잘 듣는 신통력을 발휘한다. 정밀 지도책을 펴 놓고 내가 거닐던 꽃밭을 찾아보기도 하고, 새로운 꽃 산행을 계획해 보면서 시간을 보내는 것도 즐거운 일이다.

한 송이 꽃은 우주와 비견할 비밀을 가지고 있다. 하늘의 별은 아름답고 신비스럽지만 그곳에 생명이 없다면 실망스런 일이다. 한 송이 꽃을 찬찬히 들여다보라. 보면 볼수록 생명의 기쁨과 함께 알 수 없는 경건함에 쌓이게 된다. 이 작은 생명의 비밀을 풀 수 있다면 신도 사람도 알 수 있을 것이라고 한 알프레드 테니슨의 통찰을 이해할 수 있을 것 같다.

갈라진 벽 틈에 한 송이 꽃,
나 그대를 뽑아들었네
여기 내 손에 그대가 있네. 뿌리와 모든 것이
작은 꽃 한 송이 - 그러나 그대가 무엇인지 안다면
뿌리와 모든 것, 모든 것의 모든 것을 안다면
신이 무엇인지, 사람이 무엇인지 알 수 있으련만

왜 꼭 야생화이어야 하느냐고 묻는 분이 있었다. 교직에 계시는 동호인 한 분이 나에게 그런 질문을 하셨다. 초등학교 어린이들에게 야생화의 아름다움을 이야기하는데 어떤 똑똑한 어린이 하나가 자기는 장미와 튤립이 야생화보다 더 예쁜데 선생님은 왜 야생화가 더 좋다고 하시느냐고 묻는데 대답하기가 쉽지 않더라는 것이다.

그 어린이를 납득시키는 것이 쉬운 일은 아닐 것이다. 나는 그분에게 대충 다음과 같이 내 생각을 전하였다. "야생화는 자생하는 식물의 꽃이다. 자생식물이란 무엇인가. 인간이 가꾸지 않고 육종하지도 않은 하느님이 만든 그대로의 꽃이다. 꾸밈이 없고 뽐냄이 없는 것이 야생화의 아름다움이다."

신토불이(身土不二)란 말은 식품에만 해당되는 것이 아니다. 야생화의 아름다움에도 같은 말이 통용된다. 우리의 꽃은 우리의 미적 감각을 대변한다. 우리 선조들의 색채에 대한 감각도 이 땅의 꽃에서 비롯된 것이다. 우리 꽃은 색상이나 모양이 그리 요란하지 않다. 유럽과 지중해 연안의 석회암 지대가 원산지인 꽃들이 갖는 다양하고 화려한 색상과 형태와는 좀 다르다. 그러나 우리의 야생화는 우리의 전통 청자와 백자가 보여 주는 것과 같은 품격과 소박한 아름다움을 가지고 있다. 그러나 그 어린이가 그래도 성형미인이 자연미인보다 더 예쁘다고 생각한다면 더 할 말이 없다. 저절로 깨닫게 될 때까지 기다릴 수밖에.

야생화가 원형의 꽃이라면 야생화가 잘 자라는 환경은 원형대로의 자연일 것이라고 생각해 본다. 야생화 분포를 보면 환경의 파괴 정도를 알 수 있다. 희귀 야생식물이 많이 잘 자라는 곳은 환경 생태가 잘 보존된 땅이라고 보아도 크게 틀리지 않을 것이다.

은퇴하고 시골에 내려와 살면서 뜰에 야생화를 몇 가지 가꾸어 보았다. 요즘 많이 생긴 자생식물원에도 꽃을 보러 자주 간다. 그러나 식물원이나 내 마당의 꽃은 색상이나 발육이나 건강상태가 자생지의 것과는 현격한 차이가 있다. 자생지의 맑은 공기와 좋은 토양, 강한 햇볕이 만들어 내는 그런 모습이 아니다.

꽃에도 품계가 있는 것인가? 인가 근처에 피는 꽃들은 아무래도 품격이 좀 떨어진다. 적어도 나는 그렇게 생각한다. 아름답고 품격이 높은 꽃은 들판이 아니라 큰 산속에 숨어 있다. 그것도 등산화의 발길이 별로 닿지 않은 인적이 드문 곳에 있다. 그런 꽃들은 습도와 양분이 적당한 흙에서 강한 자외선을 받고 자라 발육이 좋고 색상도 뛰어나다.

언젠가 밤의 한반도를 위성에서 촬영한 사진을 찬찬히 살핀 적이 있다. 한반도의 남해안과 서해안 벨트, 그리고 수도권과 구미 대구권은 도시의 불빛으로 넓게 하얀 얼룩이 져 있었다. 그 불빛에 가까운 곳에는 아름다운 야생화가 없다는 것을 나는 안다.

우리나라의 아름다운 야생화는 위성사진의 어두운 부분에 살고 있다. 지리산에서 소백산, 태백산, 오대산, 향로봉으로 이어지는 백두정맥이 대표적으로 어두운 부분이다. 야생화 순례객의 발길이 가장 잦은 곳이 바로 그곳이다. 그러나 그곳의 자생지도 요즘 빠르게 망가지고 있다. 안타깝다.

우리 국토는 야생화가 다양하고 대량으로 자라기에 그다지 좋은 환경이 아니다. 우리나라에는 키가 작은 초본과 꽃들이 자라기 좋은 자연 초지나 목초지가 거의 없다. 해발 1,500미터 이상에서 전개되는 고산 초지도 몇 군데 안된다. 이웃 일본만 해도 해발 3,000미터가 넘는 산이 수두룩하고 수목한계선 위쪽의 고산 초원을 많이 있다. 전국적으로 산림이 무성해진 것은 반가운 일이지만, 초본과의 아름다운 꽃들이 살 곳은 더욱 좁아졌다. 꼬마인 초본과 식물은 햇볕 경쟁에서 거인인 나무에게 밀릴 수밖에 없기 때문이다.

자랄 수 있는 곳이 제한되었기 때문에 우리의 귀한 야생화는 개체수가 대체로 적다. 함부로 캐내면 금방 멸종의 위기를 맞는

다. 귀하고 아름다운 꽃일수록 개체수는 적고 사람의 손을 더 탄
다. 희소가치가 높은 자생식물을 채취해 팔면 돈이 된다는 것이
알려진 후부터 훼손이 더욱 심해졌다. 작년에 보았던 꽃을 다시
보러 갔다가 누군가 몽땅 캐 간 흔적만 보고 실망을 안은 채 발
길을 돌린 적이 여러 번 있다.

　이런 직업적 밀채취꾼은 10여년 전부터 일기 시작한 야생화
붐을 타고 해마다 늘어나고 있는 자생식물원과 자생식물 공원,
그리고 자생식물 재배농원과도 무관한 일은 아닐 것이다. 희귀
종 우리 꽃을 보려면 양재동이나 종로 5가 꽃시장으로 가보라는
말도 있다. 싹쓸이 채취는 멸종으로 이어지기 때문에 더욱 가슴
아픈 일이다.

　워즈워드는 "자연은 자연을 사랑하는 사람을 배신하지 않는
다"고 했다. 자연을 사랑하는 인간은 자연을 배신하지 않아야 한
다. 자연사랑에서 나온 야생화 붐이 자연에 대한 대대적인 배신
행위를 야기하는 것은 아이러니가 아닐 수 없다.

　자연은 자연에 허리를 낮출 줄 아는 사람에게만 은총을 베푼
다. 시인 안도현도 우리에게 그런 메시지를 전한다.

　제비꽃을 알아도 봄은 오고
　제비꽃을 몰라도 봄은 간다
　제비꽃에 대해 알기 위해서

따로 책을 공부할 필요는 없다
연인과 들길을 걸을 때 잊지 않는다면
발견할 수 있을 거야
그래 허리를 낮출 줄 아는 사람에게만
보이는 거야 자주 빛이지
자주 빛을 툭 한번 건드려 봐
흔들리지?
그건 관심이 있다는 뜻이야
사랑이란 그런거야
사랑이란 그런거야
봄은
제비꽃을 모르는 사람을 기억하지 않지만
제비꽃을 아는 사람 앞으로는
그냥 가는 법이 없단다
그 사람 옆에는
제비꽃 한포기를 피워두고 가거든
참 이상하지?
해마다 잊지 않고 피워두고 가거든

(2004. 11.)

불청객

요즘 나의 작은 텃밭에서 두더지의 행패가 자심하다. 시골에서 살다 보면 온갖 동물과 가까이 지내야 한다. 벌과 나비, 새와 다람쥐처럼 환영받는 동물도 있고 모기와 파충류, 들쥐, 그리고 채소밭과 꽃밭을 공격하는 진딧물처럼 미움을 받는 놈도 있다. 여러 해 동안 나는 미운 놈이나 고운 놈이나 가리지 않고 큰 문제 없이 지내 왔다. 그러나 요즘 불청객 두더지의 하는 짓이 내 인내의 한계를 시험하고 있다.

올 들어 숫자가 엄청나게 늘어난 두더지 일가는 채소밭과 꽃밭에 난공불락의 지하요새를 만들어 놓고 밤낮으로 땅을 뒤집어 놓고 있다. 아침에 밭에 나갈 때마다 새로 파헤쳐진 땅만큼 내 속도 뒤집힌다. 웬만큼 자란 채소와 꽃은 놈들의 분탕질을 그런 대로 견뎌 낸다. 그러나 새로 묘를 심은 곳과 씨앗을 뿌려 새싹이 올라오는 곳에서는 피해가 막심하다.

두더지가 지하에 굴을 파면 깊은 땅속에서 흙 틈을 타고 올라

오는 습기가 차단되어 새싹들이 말라죽는다. 그래서 그 때마다 솟아 오른 흙을 조심스럽게 다져 줘야 한다. 그러나 다음날 가 보면 놈들은 무너진 터널을 어느 틈에 다시 말짱하게 복구해 놓 는다. 이런 공격과 수비가 몇 번 되풀이 되면 채소밭과 꽃밭은 엉망이 되게 마련이다.

놈들의 공격으로 오이밭이 먼저 결딴났다. 처음 사다 심은 묘 는 모두 말라죽었다. 묘를 심은 땅 바로 밑에 땅굴을 파면서 누 비고 다녔기 때문이다. 묘를 다시 사다 심었지만 그 중 절반이 다시 말라죽었고 살아남은 것도 발육 상태가 말이 아니다. 작년 에 오이를 심어서 노지 재배 오이의 참 맛을 알게 되면서 올해는 오이밭을 넓혔고, 친구들에게 청정재배 노지오이를 공급하마고 했는데, 헛말이 되게 생겼다.

지난해 심은 장미도 크게 피해를 입었다. 놈은 특히 장미밭을 집중 공격하여 사방에 터널을 파 놓았다. 뿌리가 들떠버린 장미 를 미쳐 수습해 주지 않았더니 엄동 추위를 지나면서 심한 동해 를 입어 몇 그루는 끝내 새싹을 틔우지 못했다.

알 만한 동네 분들에게 물어 몇 가지 두더지 퇴치법을 알아내 서 그 중 몇 가지를 써 봤지만 아직 별 효과를 거두지 못하고 있 다. 만물의 영장이라는 인간이 시력이 퇴화되어 앞도 제대로 못 보는 두더지 앞에서 쩔쩔매고 있는 꼴이다.

두더지를 쫓아낼 궁리를 한 것은 이번이 처음이다. 전에는 놈 들을 미워하지 않았다. 처음 내 텃밭에 놈들이 산다는 것을 알았을 때는 오히려 반갑게 생각했다. 두더지가 살만큼 나의 살터가 환경 친화적이라는 것으로 좋게 받아들였다. 올 들어 피해가 커지면서 놈들과 적대관계가 된 것이다. 자연과 나의 이기심이 충돌을 한 것이다.

그러나 곰곰히 생각해 보면 두더지의 왕성한 번식과 활동의 원인은 상당 부분 나에게 있다는 것을 인정하지 않을 수 없다. 밭에다 퇴비를 좀 많이 쓴 것이 원인이었다. 퇴비를 넣으니 지렁이의 숫자가 엄청나게 늘어났고, 지렁이를 먹이로 삼는 두더지 숫자도 덩달아 늘어난 것이다. 내가 두더지를 초청한 셈이니 두더지를 불청객이라고 나무랄 수만도 없는 일이다. 밭에 퇴비를 안 넣었으면 돌 투성이의 척박한 내 텃밭은 두더지의 풍요한 사냥터가 되지 못했을 것이다. 농사에 도통한 우리 동네 반장이 퇴비를 너무 많이 쓰지 말라고 충고하던 일이 생각난다.

인간의 방해를 받지 않는 자연상태라면 두더지를 잡아먹는 족제비나 뱀이 함께 늘어나야만 먹이사슬의 균형이 잡힌다. 그러나 요즘 족제비가 어디에 있는가? 지난 5년 동안 나는 족제비를 두 번 밖에 보지 못했다. 족제비는 멸종이 걱정될 정도로 희귀해졌고, 있더라도 인가 근처에는 접근하기가 어렵다. 천적이 없으니 두더지 일가는 먹을 것이 많은 나의 텃밭에서 천수를 누리며 자손을 마구 퍼뜨리고 있는 것이다.

생각이 문득 200년 전 두더지와 겨룸을 했던 『월든』의 작가 헨리 데이비드 소로에 미친다. 소로는 그의 콩밭을 엉망으로 만든 두더지를 잡아 준엄한 논고를 한 후 추방령을 선고하고 놈을 들어 멀찌감치 떨어진 곳에 가서 놓아준다. 그가 자연을 사랑하는 사람이라는 데는 이의가 없지만 그의 행위는 인간 본위적이고 이기적인 면이 있다. 자연의 입장에서 보면 불청객은 두더지가 아니라 인간인 소로일는지 모른다. 그가 호숫가에 콩밭을 일군 것은 자연의 균형을 깨뜨린 것이고, 두더지에게는 좋은 사냥터가 되었을 것이다. 사람이 좋은 먹이 사냥터를 만들어 두더지를 불러들여 놓고 두더지를 '침입자' 와 '불청객' 이라고 탓할 수만은 없는 것이 아닌가?

인간의 이기심과 자연의 섭리 사이에는 이와 비슷한 일이 무수히 일어난다. 인간은 먹고살기 위해 농경행위를 한다. 땅을 갈아엎고 퇴비와 비료를 주고 작물을 기른다. 온갖 벌레가 깃들고 잡초가 번성하기 좋은 환경과 먹이를 만들어 놓고는 이 놈들을 쫓아내려고 살충제와 제초제와 농약을 마구 퍼붓는다.

잡초만 해도 그렇다. 원시림이나 천연 초지에는 잡초가 없다. 그 안의 모든 식물은 토박이이고 주인이다. 잡초란 여러 가지 정의가 있지만 우선은 '침입자' 인 것이다. 그런데 이 '침입자' 는 인간이 가는 곳을 따라 다닌다. 인간이 땅을 파헤쳐 밭을 일구거나 마을을 만들면 그 때부터 잡초가 번식하기 시작한다.

나는 언젠가 향로봉 정상의 군 막사 부근에서 북미가 원산지인 달맞이꽃이 사방에 피어 있는 것을 보았다. 해발 1,600미터의 백두대간 정수리에 군 막사가 안 지어졌다면 그런 귀화식물이 그곳까지 갈 수가 없었을 것이다.

그렇기 때문에 잡초란 바로 '우리'이며 '인간'이라고 결론을 내린 사람도 있다. 식물과 정원에 관해 좋은 글을 많이 쓴 미국의 마이클 폴란이다. 그의 주장에 의하면 유럽에서 청교도들이 미국 본토에 이주하기 전에 북미대륙에는 잡초란 없었다. 인디언들은 경작을 하느라 땅을 파헤치는 일을 하지 않았기 때문에 잡초가 깃들 여지가 없었다는 것이다. 그들은 나무꼬챙이로 땅에 구멍을 뚫고 옥수수 등을 심었다. 쟁기를 든 백인들이 들어오면서부터 숲이 개간되고 초지가 파헤쳐지고 아울러 잡초가 번성하게 되었다는 것이다.

청교도들이 샐러드용으로 유럽에서 가져온 민들레는 엄청난 번식력을 발휘하여 바람을 타고 무섭게 번져나갔고, 마침내는 개척민들이 미국 서부에 도착하기도 전에 먼저 그곳에 도착해 있었다는 것이다. 그 민들레는 다시 태평양을 건너와 내 집의 잔디밭에서도 성가신 존재가 되어 있다.

인간이 가는 곳에 잡초가 있다. 인간은 잡초가 자라기 좋은 환경을 만든다. 도로를 만드느라 땅을 파헤치면 유기질이 희박한 메마른 땅에 제일 먼저 입주하는 것은 망초와 개망초다. 개항 후 배를 타고 온 북미 원산의 귀화 잡초다. 나라가 망하고 외세가 이 땅에 들어와 신작로를 내고 철도를 놓을 때 파헤쳐진 땅에는 어김없이 이 풀이 무성했다. 그래서 그 이름이 망초가 되었다는 말도 있다.

불청객과 침입자로 구박받는 잡초는 결국 인간이 불러들인 것이다. 그리고 진짜 무서운 침입자이자 불청객은 잡초가 아니라 인간일는지 모른다. 인간의 자연파괴가 너무 심하기 때문이다. 실상 인간만이 환경을 파괴할 능력이 있다. 환경 차원에서 인간은 지구의 가장 심각한 피부병균이라 할 수 있다. 도시를 만들고 도로를 놓고, 경작을 하느라 지구 표면을 온통 상처투성이로 만든 것이 인간이다.

생각이 여기까지 이르다 보니 두더지와 겨룸하는 나 자신이 좀 졸렬해 보인다. 생각을 바꾸어 보면 어떨까. 이 땅의 불청객은 두더지가 아니라 인간인 나다. 놈들이 나보다 먼저 이 땅에 살고 있었기 때문이다. 그러니 놈들을 쫓아낼 궁리는 그만두고 평화 공존을 하는 것이 어떻겠는가. 놈들의 시련을 못이기는 작물과 꽃은 나와 인연이 없는 것으로 생각하고 포기하면 되지 않을까?

사실 지난가을에 김장용 배추를 심으면서도 비슷한 일이 있었다. 우리 밭에는 민달팽이가 극성이다. 종묘상에게 대책을 물었더니 토양살충제를 쓰라는 것이다. 그러나 나는 살충제를 안 쓰기로 했다. 놈들이 먹다 남는 것을 먹기로 했다. 살충제를 안 쓴 탓으로 우리 집 배추는 민달팽이의 좋은 먹이 감이 되어 온통 구멍 투성이가 되었다. 그래서 아내는 우리 집 배추를 '망사표 배추'라고 불렀지만, 그 배추로 담근 김치를 6월인 지금까지도 잘 먹고 있다.

(2008. 7.)

씨앗과 뿌리

영국의 농부들에게는 봄철 보리를 파종할 시기를 알아보는 오랜 지혜가 있다. 바지를 벗고 밭에 앉았을 때 편안하면 씨를 뿌려도 좋다는 것이다. 사람이 편안하면 보리도 편안하게 싹을 틔울 것이기 때문이다. 계절은 다시 바뀌어 이 땅에도 바지를 벗고 밭에 앉아도 편안한 계절이 오고 있다.

체로키 인디언의 달력으로 3월은 '마음이 움직이는 달'이고 4월은 '씨앗주머니를 머리맡에 두고 자는 달'이다. 흙을 만지는 사람들의 마음이 슬슬 설레기 시작하고 씨앗을 챙기기 시작하는 계절이다. 모진 겨울 추위를 이겨낸 수선화와 튤립의 첫 싹에서 봄의 설렘은 시작된다. 조그만 손가락을 땅 위로 내밀어 척후병이 적진을 살피듯 조심스레 겨울이 물러갔는지 정탐하는 듯하다. 백양꽃으로도 불리는 상사화의 싹은 더 대담하게 솟아오른다. 연약하고 부드러운 것이 모질고 강한 것을 이겨내는 것을 보면 감동스럽다.

욕심껏 모으고 사들인 씨앗들을 꺼내 본다. "씨를 파는 것은 낙관주의를 파는 것"이란 글을 읽은 적이 있다. 씨와 구근은 꿈이고 미래이며 또 희망이다. 가을에 차디찬 흙을 파헤치고 허리 아픈 줄 모르고 구근을 심는 것도 봄을 믿고 기대하는 낙관주의자들이 하는 일이다.

씨앗 상자에는 꽃과 채소와 과일이 온갖 색깔과 향기와 더불어 어우러진 정원이 숨어 있다. 종묘상에서 파는 씨앗 봉투의 사진이 현란한 것은 사람의 마음속에 숨은 꿈과 희망을 자극하기 위함일 것이다. 흙일에 경험 있는 사람들은 화려한 씨앗 봉투와 카탈로그에 현혹되지 말라고 한다. 사진속의 꽃과 나무처럼 가꾸기는 쉬운 일이 아니고, 실망만 커질 수 있기 때문일 것이다. 그러나 그런 충고에 귀 기울인 적이 없다. 올해 실패해도 내년 봄에는 더 잘해 볼 수 있으리라는 희망이 있기 때문이다. 그렇기에 시골살이가 10년이 다 되었지만 아직도 봄은 나를 설레게 한다. 그 기쁨이 줄어들지 않은 것이 더욱 기쁘다.

까치는 사람보다 더 일찍 봄 준비를 시작한다. 까치 암수 한 쌍이 울타리 밖 은행나무 높은 가지 위에 둥지를 틀기 시작하더니 입춘 무렵에 집을 완성했다. 이만한 높이면 인가가 이웃에 있어도 안심할 수 있다고 믿는 모양이다. 까치가 집을 짓는 모습을 처음으로 가까이서 지켜볼 수 있었다. 집 재료인 마른 나무가지는 대부분 주워다 쓰지만 가끔 크기가 마땅치 않으면 생나무가지를 부리로 물어 부러뜨려 쓴다. 부리에 문 가지를 발로 잡고 다른 가지를 다시 물어다가 합치기도 한다. 도대체 누가 이런 것을 저 미물에게 가르쳐 주었을까. 그것이 까치의 유전자에 각인된 본능이라 면 누가 그걸 새겼을까?

까치는 틈만 있으면 은행나무 바로 아래 묶여 있는 우리 집 진돗개의 밥그릇에서 먹이를 실례해 간다. 아주 가까운 곳에 식량 창고를 둔 셈이다. 진돗개는 먹이를 훔쳐가는 영악스런 까치를 멀뚱히 바라보기만 한다. 민화에 나오는 호랑이처럼 바보스럽다. 올해는 까치 몫으로 진돗개 사료를 조금 더 사야 할 지 모르겠다.

까마귀 한 마리가 앞 전봇대에 날아와 평온을 깬다. 까치의 생활권을 침범한 것이다. 까치부부가 몸집이 훨씬 큰 까마귀를 공격한다. 까마귀는 쫓기다 다시 돌아온다. 까치 부부가 다시 집요한 공격을 퍼붓는다. 이런 쫓고 쫓기는 싸움이 10여분 계속되다 까마귀는 포기하고 멀리 날아가 버린다. 동물들의 세계도 그다지 편안한 것만은 아닌 듯하다. 그래도 머지않아 까치 부부는 새 집에서 알을 낳고 부화를 하여 새 생명을 키우면서 제 살터를 영악하게 지킬 것이다.

지난겨울에는 새들과 가깝게 지냈다. 새를 관찰하기는 겨울이 좋다. 나뭇잎이 없기 때문이다. 친지 한 분이 새를 가까이 보려면 쇠기름을 구해다가 나무에 매달아 놓으라고 했다. 그 말대로 푸줏간에서 쇠기름을 얻어다 나뭇가지에 달아 놓았더니 겨우내 새들이 모여들었다. 박새, 쇠박새, 곤줄박이가 단골손님이었다.

먹이가 귀한 철에 새들은 싸우는 법이 없이 번갈아 작은 부리로 기름을 뜯어 먹었다. 가끔 까치가 끼어들기도 했다.

마당에 있는 산수유, 좀작살나무, 화살나무, 때죽나무, 산딸나무, 인동, 장미, 맥문동의 열매도 겨울새들을 많이 불러들였다. 굴뚝새와 오색딱다구리도 가끔 출몰했다. 야생의 새들은 사람과의 경계 거리가 몸 크기에 따라 다르다. 쇠기러기, 산비둘기, 까치, 꿩처럼 몸집이 큰 새는 사람과 상당한 거리를 두어야 안심한다. 앞강에 가끔 날아와 쉬고 가는 고니는 몸집이 가장 커서인지 사람과의 안전거리도 가장 길다. 하지만 박새처럼 작은 놈은 사람이 가까이 가도 피하지 않는다. 그래서 더 정이 간다. 겨울에 쇠기름을 듬뿍 먹었으니 올봄에는 알을 더 많이 낳아서 많은 새끼를 거두기를 빌어 본다.

들판 여기저기서 밭을 갈아엎을 준비를 한다. 묵은 해의 잡초와 마른풀을 태우는 연기가 솟아오른다. 코끝을 스치는 마른풀 타는 냄새가 싫지 않다. 마른풀들은 타서 없어지지만 그 자리에서는 새 풀이 다시 돋아날 것이다.

離離原上草
一勢一枯榮
野火燒不盡
春風吹又生

들판에 우거진 풀
해마다 시들었다가 무성하네
들불조차 모두 태우지 못하니
봄바람 불면 다시 소생하리라

당나라 때의 시인 백거이(白居易)의 「풀(草)」이란 시다. 무수한 전란이 들불처럼 휩쓸고 지나가도 가냘픈 풀 같은 민초들은 끈질기게 살아남는다는 은유를 담고 있다. 그 당시 삼척동자까지도 외웠다는 '천고의 절창'이다. 부드러운 것이 강한 것을 이긴다는 뜻으로 보아도 무방할 것이다.

백거이가 과거를 보러 장안에 갔다가 어떤 고관에게 이 시를 보여주었더니 그는 "백미가 귀한 때인데 어떻게 살기가 쉽다고 하는가"라고 했다. 白을 백미로, 居易의 한자 뜻을 살기 쉽다는 뜻으로 풀어서 한 말이다. 그러나 그 고관은 백거이의 시를 다 읽고는 "그래, 삶의 참뜻을 깨치는 묘어로다. 풀처럼 살아가면 쉬울 것이네!"라고 무릎을 쳤다는 일화가 전해진다.

봄은 생명의 소생만을 가져오는 것은 아니다. 겨울 동안 침잠했던 온갖 욕구와 충동도 솟구치는 계절이다. 어수선한 국제정세 속에서 정치의 계절까지 겹쳐 세상이 어지럽게 돌아가고 사는 일이 더 고단해질지도 모른다. 그러나 우리 보통 사람들은 씨앗과 뿌리에 꿈과 희망을 간직하며 험한 세월을 질기게 견뎌 왔다. 올해도 또 잘 견뎌 나갈 것이다. (2007. 3.)

기다림의 지혜

마당에 있는 모감주나무 잎에 진딧물이 잔뜩 끼었다. 진딧물도 반갑지 않지만 놈들의 끈적끈적한 배설물이 밑으로 떨어지면 주변이 지저분해진다. 나무 밑의 의자와 탁자가 온통 끈적거려 사용할 수도 없고, 나무 부근 화초 잎도 얼룩을 뒤집어쓴다. 분무기도 있고 쓰다 남은 살충제도 있는 터이라 날 잡아서 한바탕 소탕작전을 해야겠다는 생각을 하면서도 농약 만지는 것이 마음에 내키지 않아 미적미적하고 있었다.

머칠 후 이제는 더 미루지 말고 약을 뿌리겠다고 작정하고 나무를 살펴보니 아 이건 무슨 조화인지 나뭇잎 뒤에 까맣게 붙어 있던 진딧물이 씻은 듯이 모두 사라져 버렸다. 자세히 살펴보니 길이 5밀리미터쯤 되는 무당벌레 유충들이 돌아다니면서 진딧물을 먹어치운 것이다. 게으름도 때로는 좋은 결과를 가져올 수도 있다는 생각을 하면서 쓴웃음을 지었다. 부지런히 살충제를 뿌렸더라면 당장은 좋을지 모르지만 이 소중한 먹이사슬이 깨져서 내년에는 진딧물이 더 극성을 부릴 수도 있을 것이다. 자연은 스스로 문제를 해결한다. 그러기에 때로는 무위(無爲)가 상책일 수 있다.

두더지가 오랜 동안 골칫거리였다. 새로 옮겨 뿌리가 제대로 자리 잡지 못한 화초 모종 밑으로 땅굴을 파서 모종이 말라죽기 일쑤였다. 특히 장미가 많이 상했다. 장미밭 밑을 가로 세로 누비며 만든 굴 때문에 밭 전체가 반은 공중에 뜨다시피 되니 사다 심은 어린 묘목이 뿌리를 제대로 내리지도 못하고 잘 자라지도 않았다. 발육이 좋지 못한 묘목은 겨울을 넘기지 못하고 얼어 죽은 것이 많았다. 이놈들을 어떻게 쫓아내나 별 궁리를 다해 보았다. 나프탈린 냄새를 싫어한다는 이야기를 듣고 굴마다 나프탈린을 넣어 보았지만 효과는 눈에 보이지 않았다. 자고나면 새 터널이 뚫리고 있는 것을 보면 두더지 일가는 새끼를 더 많이 낳아 잘 기르면서 번성을 누리는 듯했다.

재작년에 앞마당에 흙을 여러 트럭 퍼부어 성토를 하고 돌담을 쌓으면서 두더지도 이참에 몰아낼 수 있지 않을까 기대했었다. 두더지의 굴들이 흙더미 밑으로 깔려 버렸고, 새 흙에는 두더지 먹이가 별로 없을 터이니 당분간은 쳐들어오지 않을 것이라 믿었던 것이다.

새로 받은 흙은 물 빠짐이 좋지 않아 농사도 잘 안되고 화초도 제대로 자라지 않았다. 비가 오면 질펙거렸다. 물 빠짐이 안 좋으면 식물의 뿌리가 잘 안 자라고, 심하면 말라죽는다. 그런데 올해부터 사정이 달라지기 시작했다. 비가 와도 물이 고이지 않고 물이 잘 빠지는 것이었다. 식물의 발육상태도 훨씬 좋아졌다. 곰곰이 원인을 생각해 보았더니 문제를 해결한 것은 두더지와 지렁이였다. 어느 틈에 두더지와 지렁이가 새 땅에 들어와서 사방을 누비며 파 놓은 굴로 고인 물이 신속하게 빠져나간 것이다. 두더지가 굴을 뚫고 지나간 땅거죽에는 잡초들이 소복히 자란다. 굳은 흙을 부드럽게 하고 공기를 통하게 만들어 잠자던 잡초 씨앗을 싹틔운 것이다. 그 이후 나는 두더지의 모든 전과를 용서하고 평화공존을 하기로 작정을 했다. 이 또한 본의 아니게 무위(無爲)의 덕을 본 것이 아닌가!

 좋은 땅을 만드는 것은 모든 농부들의 소망이다. 거름기라고는 없는 생흙으로 마당을 채워 놓고 어떻게 하면 빨리 좋은 땅을 만들까하고 궁리를 거듭했다. 좋은 땅은 물 빠짐이 좋으면서도 수분을 적당량 간직할 수 있어야 한다. 흙 알갱이 사이가 느슨해야 물 빠짐도 좋고 식물의 뿌리가 좋아하는 공기도 간직하게 된다. 이런 흙은 작은 입자가 여러 개 합쳐서 만드는 떼알 구조로 되어 있다. 이런 흙을 만드는 일꾼이 바로 지렁이다. 지렁이는 흙을 먹어 유기물을 영양으로 섭취하고 나머지를 몸 밖으로 배설한다. 이 배설물이 식물을 키우기에는 가장 이상적인 흙이다.

 화원에 가면 토룡토라는 이름으로 이런 흙을 포장하여 팔고 있다. 토룡토를 만들려면 지렁이가 많아야 하고, 지렁이가 많이 자라도록 하려면 지렁이 먹이를 넉넉히 줘야 한다. 퇴비와 깻묵가루를 흙에 섞어 주면 지렁이가 아주 좋아한다. 그러나 화학비료를 뿌리고 농약을 치면 지렁이는 견디지 못한다. 책에서 읽은 이런 가르침대로 두 해 연달아 퇴비와 깻묵가루를 생땅에 넣었더니 과연 효과가 두드러졌다. 올봄 우리 정원을 방문한 사람들은 입을 모아 집주인의 원예실력이 뛰어나다고 칭찬해 주었다. 그러나 실은 집주인이 한 일이 아니라 지렁이가 해낸 일이다. 이 모두가 초등학교 수준의 자연 상식이지만 체득하는 데는 시간이 걸렸고 대가도 지불해야 했다.

자연은 균형과 안정을 좋아한다. 때로 그것이 깨지는 수가 있지만 반드시 반작용이 생겨서 균형을 되찾는다. 사람이 이 안정 상태를 교란시키면 예기치 못한 일이 생길 수 있다. 인간이 자연을 통제하려고 무리하게 만든 인공물들은 태풍과 폭우를 만나면 유실된다. 큰 비와 큰 바람은 자연을 원상복구하고 회춘시킨다. 파괴된 균형을 다시 찾아 주는 것이다.

농부와 정원사를 괴롭히는 잡초의 경우도 그렇다. 인간이 손대지 않은 안정된 자연 상태에서는 잡초란 없다. 잡초는 인간이 농경행위를 하면서 땅거죽의 안정된 생태를 파괴할 때 생긴다. 신대륙에 유럽인들이 건너가 농경행위를 시작하기 전까지 광막한 아메리카 대륙에는 잡초란 없었다고 주장하는 사람도 있다. 인디언들은 쟁기를 쓰지 않고 끝이 뾰죽한 막대기로 땅에 구멍을 뚫고 옥수수를 심는 친환경적 농법을 사용했다.

우리나라에도 이와 비슷한 방법으로 농사를 짓는 분들이 있다.

경남 하동의 이영문 씨와 그가 고안해 낸 『태평농법』이다. "이 세상에서 가장 게으른 농사꾼"이 태평농법을 소개한 책이다. 농약과 비료를 안 쓰고 땅을 갈아엎지 않고도 무공해 농산물을 다른 농법 못지않게 생산해 낼 수 있다는 것이 이영문 씨의 주장이다. 땅을 갈아엎지 않아도 흙 속의 생물들이 '생물학적 경운'을 하고, 농작물의 잔해가 비료 구실을 하며, 천적이 농약 역할을 한다는 것이다. 기계로 땅을 갈면 흙의 구조가 깨지고 흙 속에 사는 지렁이를 비롯한 유익한 동물과 미생물의 서식처가 망가져 농약과 비료를 쓰지 않을 수 없게 된다고 보는 것이다. 지구상의 많은 인구가 이런 방식으로 농사를 지어 먹고 살 수 있을는지는 의문이다. 그러나 이 농법이 가장 친환경적이라는 데는 의심의 여지가 없다.

세상을 살면서 생기는 문제들도 느긋하게 기다려 주면 저절로 해결되는 경우도 자주 있다. 문제를 푼답시고 새로운 문제를 만드는 경우가 적지 않다. 오해를 풀기 위해 새로운 오해를 빚기도 한다. 때로는 무위가 상책이다. 시간이 지나면 많은 경우 흑백이 저절로 가려지고 오해도 풀린다. 기다림이 명약이 될 수도 있다.

(2007. 7.)

밤을 찬양하며

시골에 내려와 살면서 밤의 어둠과 고요가 얼마나 큰 축복인지 새삼 깨달았다. 차 소리 끊긴 정적 속에서 가끔 먼 데서 들리는 개 짖는 소리가 정답고, 칠흑같이 어두운 하늘에 가득이 담긴 별들을 볼 수 있는 것이 신기하기만 했다.

도시의 밤은 빛과 소음으로 상처를 입고 있다. 그 어둠에는 깊이가 없고 공간을 채우는 온갖 기계음은 무언가 고통을 호소하는 듯하다. 그러나 시골의 밤은 그 어둠에 두께가 있고, 그 정적에는 모든 살아 있는 것들이 교감하는 소리가 충만해 있다.

밤에는 소리와 향기가 먼 데까지 미친다. 낮에는 못 느끼던 꽃 향기도 밤에는 가까이 다가온다. 매화와 라일락, 밤꽃과 인동이 필 무렵에는 특히 그렇다. 소쩍새를 비롯한 밤새들의 소리도 한결 또렷이 들린다.

닫혀 있던 오관이 활짝 열리는 이런 밤이면 일찍 잠들기가 너무 아쉬워서 나도 야행성 동물이 되어 버린다. 자정이 훨씬 넘도록 잠을 미루어 두고 밤을 즐긴다. 가끔 몽유병자처럼 마당을 거닐면서 어둠 속에 거무스레한 윤곽을 드러내고 있는 강 건너 산등성이를 가만히 쳐다보기도 하고, 초등학교 시절에 배운 별자리들을 더듬어 본다. 날씨가 좋은 철에는 마당에 의자를 내놓고 앉아서 어둠과 정적이 주는 편안함 속에 몸을 맡겨 본다.

그러나 최근 몇 년 동안 사정이 조금씩 달라지고 있다. 한촌이었던 우리 마을에도 집들이 점점 많이 들어서면서 가로등이 늘어났다. 우리 집 앞에도 강렬한 노란빛을 뿜어내는 나토륨등이 새로 설치되었다. 강 건너 새로 넓힌 길에도 전에는 없던 가로등이 줄지어 늘어섰다. 마음을 편안하게 해 주던 두껍던 어둠은 점점 얇아지고 있다. 문명은 인공조명의 밝기와 정비례하는 것일까? 인총이 늘어나면서 불안도 늘어나고, 불안을 몰아내기 위해 인공조명은 점점 밝아진다. 우리 마을이라고 이런 대세를 비켜갈 수는 없을 것이다.

언젠가 인공위성이 촬영한 한반도의 야경사진을 본 적이 있다. 우리 국토의 남해안과 수도권은 도시의 불빛 때문에 하얀 얼룩 반점이 넓게 번져 있었다. 우리 국토 전체가 하나의 거대 도시가 되어가고 있는 것이다. 밤다운 밤은 이제 귀물이 되어 가고 있다. 흔한 것이 귀해지고 귀한 것이 흔해지는 세상이다.

문득 이 땅에 문명이 확산되기 이전의 목가적인 밤을 사랑했던 작가 이태준의 글이 머리에 떠오른다. 그의 수상록 『무서록』에 실린 「밤」이란 짧은 글이다. 아마도 그의 동경유학 시절인 1930

년대에 쓴 글일 것이다.

이 글에서 그는 "동경에서 조선 올 때면 늘 밤을 새삼스럽게 느끼곤 하였다"고 말한다. 일본 땅에서 전등 없는 정거장을 보지 못하다가 부산에서 기차를 타면 가끔 캄캄한 역에서 기차가 선다. 먼 데서 역원들이 들고 있는 희미한 남폿불만 보일 뿐이다. 그럴 때 그는 "정말 고향에 돌아오는 것 같은 아늑함을 그 잠잠한 어두운 마을 속에서 품이 벌게 받는 듯하였다"고 했다. 그는 어떤 아름다운 산수풍경보다도 고향땅의 어둠이 더 좋았다고 했다.

이런 경험이 계기가 되어 그는 동경에서 '불 없이 노는 회'를 만들어 여러 친구와 다음날 해가 다시 뜰 때까지 긴 어둠을 즐기곤 했다고 한다. 다정다감한 문학청년들이 긴 어둠을 어떻게 즐겼을까? 아마도 각자의 삶과 세상이 지닌 모든 문제를 화제 삼아 끝없는 이야기로 밤을 지새웠을 것이다. 얼마나 멋진 일인가!

어둠은 마음에 걸린 빗장을 풀어 이야기를 하게 한다. 구전문화는 밤의 문화일 것이다. 나이든 세대들은 어린 시절의 화롯가에서 어른들이 들려 주던 구수한 옛이야기들을 듣고 자랐다. 친구들과 야영을 가거나 깊은 산에서 비박을 할 때 별빛 아래서 참으로 많은 이야기를 나눈 기억들을 누구나 가지고 있을 것이다.

일상적인 우리 삶은 밤이고 낮이고 모든 것이 밝은 빛 속에서 이루어진다. 빛 속에서는 모든 것이 명명백백하게 보인다. 그러나 물리적인 밝음 속에서 실은 우리가 아는 것이 얼마나 피상적인 것인가? 서로가 얼마나 겉만 스치는 인간관계를 맺으며 살고 있는가? 가족이건 직장 동료건, 혹은 옛 친구건 우리는 그들을 얼마나 깊이 알고 있는가?

빛이 밝으면 모든 꾸밈과 가림막이 우리의 넋을 흐트러뜨린다. 빛이 밝을수록 그림자도 짙어지듯이 그 그림자 속에 숨기고 있는 영혼의 비밀도 더 깊이 감추어지는 것은 아닐까 ?

바닷가나 산간 계곡에서 한 자루 촛불 아래서 나누는 가족간의 하룻밤 대화는 도시생활에서 일 년 동안 나눈 피상적인 대화를 모두 합친 것보다 더 값진 것일 수 있다. 밤과 어둠은 사람을 한데 모으고 서로를 더 귀하게 여기게 만드는 마력을 가지고 있다.

이제 가을이 다가오고 있다. 대기는 맑아지고 별이 쏟아지는 밤을 즐기기에 더 없이 좋은 계절이다. '불 없이 노는 모임' 이라도 만들어 서로가 무릎을 가까이 대고 사랑하는 이들의 마음속을 오랜 시간 서로 드나들며, 잊은 것 잃은 것을 찾아 볼 때가 아니겠는가. 이 가을에는 그리워하는 사람, 사랑하는 사람을 진정 그리워하고 사랑해 보자.

(2005. 9.)

개를 키우다 보니

내가 지금 살고 있는 시골집을 거의 다 지어 갈 무렵, 아는 분 한테서 강아지 한 마리를 선물로 받았다. 시골에서 살려면 개가 필요하다면서 내 의견은 묻지도 않고 진돗개 강아지 한 마리를 안고 공사 현장에 나타났다.

진돗개인지 아닌지는 아직 강아지인지라 알 수가 없었지만 주는 분은 "진돗개 중에서도 명견인 '비호'의 자손"이라고 자랑이 대단했다. 누런색 솜털로 덮인 강아지는 보기에도 튼실하게 생겼고 조그만 놈이 몸집에 비해 발이 매우 컸다. 구경하던 공사장 인부 한사람이 "이놈이 왕발이라 앞으로 덩치가 크게 자라 동네에서 왕 노릇할 것"이라고 거들었다. 식구들에게 이름을 지어보라고 했더니 진도 진씨에 이름은 다섯 오로 하잔다. 그렇게 하여 '진오'와 우리 집의 인연이 시작되었다.

마침내 우리 집도 처음으로 개를 키우게 되었다. 그것도 서울의 아파트에서 공동주택관리규정을 어겨 가며 키우는 주먹만한

애완견이 아니라 우람한 체구에 우렁차게 짖는 진돗개를! 생각
만 해도 흐뭇한 일이 아닌가.

강아지가 들어왔다는 소식을 듣고 가장 좋아한 사람은 딸아이
였다. 개와 고양이를 유난히 좋아하는 딸아이는 어렸을 때부터
강아지를 사 달라고 졸랐다. 아파트에서는 개를 키울 수 없다는
말로 달래면 "그럼 단독주택으로 이사를 가서 개를 키우자"고 졸
랐다. 좀 자라서도 도서관에 가면 개와 고양이에 대한 책만 찾아
읽었다. 뿐만 아니라 동네와 학교 근처의 개와 고양이의 분포와
소재를 소상히 파악하고 오다가다 만날 때 마다 함께 놀아 주곤
했다. 그 애의 간절한 소망이 이제 어른이 되어서야 이루어진 것
이다.

진오를 키우기는 처음부터 문제가 많았다. 공사가 아직 안 끝
난 관계로 낮 시간에는 인부들이 돌봐 주지만 밤에는 혼자 두어
야 했다. 나무판자로 울타리를 만들어 가두고 먹이를 넣어 주었
지만 혼자 있기 싫다고 밤새도록 낑낑대는 소리에 동네 사람들
이 잠을 못잘 지경이 되었다. 할 수 없이 풀어 놓고 키우기로 했
더니 보채는 일은 없어졌지만 보는 사람마다 반갑다고 쫓아다니
는 동네 개가 되었다. 매일 보는 이웃 사람들이 지나가면 반가워
서 꼬리를 치고 법석을 떨면서 주인인 나에게는 늘 시큰둥하게
대했다.

새집에 입주를 하면서 풀어놓고 먹이던 놈을 묶어 두려니 놈의
반항과 불평이 이만저만이 아니다. 그래서 가끔 풀어놓아 주면

다시 묶일까 경계하며 내 곁에는 얼씬도 안 한다. 반년 만에 성견으로 자란 이놈의 우람한 체구에 놀라 동네사람들은 개를 풀어놓지 말라고 당부를 하는데 이 놈을 잡아다 묶어 놓는 일이 쉬운 일이 아니었다.

누군가 "진돗개는 강아지 때부터 키우지 않으면 주인 노릇을 못 한다"고 귀띔을 해 준다. 그 말을 듣고 다음에는 강아지 때부터 가까이 두고 길러서 주인이 있는 개를 만들어야겠다고 다짐을 했다. 그 기회는 의외로 빨리 왔다. 친지 한분이 나의 근황을 듣고는 혈통이 좋은 하얀색 진돗개 암수 한 쌍을 주겠다고 했다. 나는 개가 세 마리로 늘어나면 무슨 일이 벌어질 것인지는 미처 생각도 안 하고 강아지를 받겠다고 하였다.

모든 동물의 새끼는 귀엽지만, 멀리 포항에서 비행기를 타고 우리 집까지 배달된 흰 강아지 두 마리는 단박에 우리 집 식구들의 마음을 사로잡았다. 수놈은 진구, 암놈은 진이라고 이름을 붙이기로 했다.

그러나 이놈들이 이쁜 짓을 하는 것도 잠깐, 두 놈이 나를 번갈아 골탕을 먹이기 시작하였다. 한겨울이라 실내에서 잠시 키우기로 했는데, 이놈들 배설물들을 치우는 일이야 즐거운 일이 아닐지라도 그냥 참을 만한데, 말썽을 피우기 시작하니 감당할 도리가 없었다. 두 놈이 서로 경쟁하듯 보이는 것마다 물어뜯고, 찢고, 부수었다. 매일 혈압 오르는 일이 계속되던 끝에 나는 겨울철이지만 따뜻한 날을 골라 두 놈을 밖으로 내몰았다.

밖으로 몰아낸 지 하루 만에 처음부터 좀 약골로 보이던 암놈이 덜컥 병이 났다. 젖을 뗀 강아지에게 큰 고비가 되는 장염에 걸린 것이다. 집안으로 다시 데려다 뜨거운 물에 목욕을 시키고 간병을 했다. 토사물을 치우고 가축병원 나들이를 하느라 일주일간 꼬박 발이 묶였다. 언제 숨이 끊어질지 걱정이 되어 한밤중에 자다 일어나 지켜보느라 잠을 설치기도 했다.

일주일을 꼬박 앓고 나서 놈은 살아났다. 먹을 것을 거들떠보지도 않던 놈이 먹이를 찾는 것이었다. 개들은 선천적으로 단식요법의 효능을 알고 있는 듯했다. 굶는 것이 최선의 약이었던 것이다. 한 생명을 살려냈다는 내 기쁨은 이루 말할 수 없었지만 그것도 잠깐이고 이번에는 수놈 진구가 똑같은 증세를 보였다. 다시 일주일간 24시간 간병체제와 가축병원 나들이가 되풀이 되었다. 좀 편안한 겨울을 보내려던 소망은 박살이 나고 말았다. 두 놈을 한꺼번에 실내에서 키울 수 없어 병이 나은 암놈을 밖으로 몰아냈다.

일주일 후 수놈 진구도 회복되어 개집으로 되돌아갔다. 그런데 진구, 진이 남매의 거동이 심상치가 않았다. 전에는 함께 잘 놀다가 가끔 으르렁거리고 싸움이 붙을 때는 대체로 암놈이 지는 것으로 끝나곤 했는데, 이번에는 두 놈의 대결이 제법 팽팽하고 암놈의 적대감이 대단했다. 실내에서 주인의 따뜻한 보살핌을 받다가 그 특권을 빼앗긴 데 대한 앙심인지, 병후 몸이 쇠약해진 수놈을 꺾을 기회라고 보았는지, 여하튼 두 놈이 다음날 아침 모질게 싸움이 붙었다. 생후 3개월 밖에 안 된 놈들이 사납게 물어 뜯고 딩굴며 사생결단을 낼 기세였다. 개들의 생태를 잘 알지 못하는 나는 싸움을 뜯어 말리고 흙과 피가 엉켜 붙은 두 놈을 목욕을 시켜 풀어 놓았다.

그날 오후 두 놈은 다시 두 번째 사생결단의 싸움을 시작했다. 그 때서야 나는 이 싸움이 개의 세계에서 서열을 결정하는 싸움인지라 사람이 말릴 일이 아니라는 것을 깨달았다. 치열한 싸움이 10여분 간 벌어진 끝에 마침내 수놈 진구가 힘겹게 암놈 진이를 깔아 눕히고 입으로 목덜미를 물고 몇 번 흔들었다. 그것으로 싸움은 갑자기 끝나 버렸다. 누가 강자이고 약자인지가 가려진 것으로 족했던 모양이다. 두 놈의 끔찍한 싸움에서 놈들의 숨겨진 야성을 보았기에 앞으로 이 놈들이 말썽을 좀 피울 것이란 불길한 생각이 들었다.

몇 달 후 어느 봄날, 내 예감은 적중했다. 집안에서 분탕질을 치던 세 마리의 개가 잠시 문이 열린 틈에 밖으로 나가 동네를 휘젓고 다니다가 옆집 할머니가 키우는 몸집이 작은 잡종 개 남매 중 수놈을 물어 죽인 것이다. 나는 할머니에게 백배사죄를 하고 새끼를 낳으면 한 마리 드리겠노라 약속했다.

그렇지 않아도 세 놈을 키우기가 버겁던 차라 나는 이 참에 큰 놈 진오를 방출하기로 마음을 먹었다. 내가 키우던 개라 어떻게 해서든지 솥으로 들어가는 것은 면하게 해 주고 싶었다. 마침 집 공사를 도와주던 참한 청년에게 개를 데려다 키울 의향이 없느

냐니까, 부모님이 시골에서 농사를 짓고 사시는데 개를 좋아하기 때문에 잘 키우실 것이라고 했다. 이렇게 해서 진오는 우리 집을 떠났다. 개를 가져간 청년의 어머니가 답례로 두릅을 한 보따리 보내주었기에 그해 봄은 두릅을 포식하였다. 진오는 그곳에서 귀여움을 받고 잘 자라고 있다고 들었다. 개를 조금 알게 된 지금 생각해 보니 그 개는 진돗개와는 거리가 멀어도 한참 먼 잡종 개였다.

진오가 입양간 지 얼마 후 개에 대한 내 무지와 우유부단은 또 한번의 화를 불러들였다. 얼떨결에 콜리종 강아지 한 마리가 입양된 것이다. 평소 콜리를 엄청 좋아하는 딸의 소망과 "콜리종이야말로 한번 키워 볼 만한 기가 막힌 개"라는 친지의 권유에 마음이 약해졌던 것이다.

그해 초여름, 우리 집에 온 검정색 콜리종 강아지는 온 가족의 총애를 받았다. 어린 놈인데도 그 긴 입으로 맥주병을 입에 물고 돌아다니는 것을 보고 모두가 가가대소했다. 진구 진이 두 놈은 사방 4미터짜리 철망으로 된 우리 안에서 콜리의 총애를 시샘하는 눈으로 보고 있었다.

어색한 평화공존이 이어가던 어느 날 또다시 진구, 진이 두 놈이 사고를 저질렀다. 두 놈이 우리를 뚫고 나가 이웃 할머니의 외짝이 된 잡종개를 마저 물어 죽인 것이다. 성질이 극성스러운 두 놈은 그 동안 땅을 파거나 철망을 물어뜯어 구멍을 내고 우리를 탈출하여 나를 골탕 먹였었다. 거의 매일 거듭되는.두 놈의 탈출기술과 나의 방어기술의 대결이 우리 가족의 일상 화제가 되던 때였다. 나의 방어조치가 완벽하다고 생각했던 때 두 놈이 탈출해 일을 저지른 것이다.

나는 장탄식을 하며 '위로금'을 봉투에 넣어가지고 할머니를 찾아가 전하고 사죄를 하였다. 사나운 개에 정나미가 떨어진 나는 두 놈 중 야성이 더 강한 진구를 방출하기로 했다. 친지의 도움으로 진구는 서울의 단독주택으로 입양되었다. 놈은 그 집에서 상당히 귀여움을 받으며 잘 자라고 있다는 소식을 몇 번 전해 들었다.

그러나 놈은 그냥 떠난 게 아니었다. 어느 틈에 제 누이에게 씨를 뿌려 놓아 마지막으로 나를 골탕 먹였다. 아직은 강아지라고 방심하다 허를 찔린 것이다. 첫 발정에 새끼를 밴 진이는 그해 여름 더위에 큰 고생을 하며 세 마리의 새끼를 낳았다. 무녀리로 나온 놈은 젖을 제대로 빨지도 못하더니 이틀 만에 죽었다. 한 놈은 약속대로 이웃집 할머니댁으로 보냈고, 또 한 마리는 양평의 한 전원주택으로 보냈다. 그 집은 좋은 진돗개가 들어왔다고 기대가 컸던 모양인데 후문에 의하면 개가 자랄수록 멍청해지더라는 것이다. 근친교배를 했으니 그럴 수도 있겠다는 생각이 든다.

그해 가을학기 개강을 앞두고 나는 콜리 때문에 고민하기 시작했다. 혼자 잘 자라는 진돗개는 부담이 안 되지만 늘 함께 놀자고 칭얼대는 콜리는 부담스런 존재였다. 학교 때문에 집을 비우는 시간이 길어지고, 가족들은 아직 서울에 본거를 두고 있는데, 야성이 강한 진돗개는 혼자 두어도 잘 참지만, 인간에게 순치된 콜리에게는 좀 무리일 것 같았다. 놈은 사람을 좋아하고 사람이 곁에 있으면 행복해하였다. 산책을 데리고 나가면 늘 주인 곁에서 3미터 밖을 벗어나는 일이 없었다. 결국 아내와 딸을 설득하여 콜리를 원주인에게 돌려주기로 했다. 놈은 용인의 전원주택으로 입양을 갔다. 역시 잘 지내고 있다는 후문이다.

이제 집에는 호젓하게 진이 혼자만 남게 되었다. 3막 3장의 개 파동이 이것으로 마감되는가 싶었더니 그게 아니었다. 개를 좋아하는 딸 때문에 애비가 또 한번 휘둘린 것이다.

딸은 용인의 에버랜드에 근무하고 있었다. 그곳에는 S그룹이 공익사업으로 벌이고 있는 맹도견 훈련사육장이 있는데, 훈련과정에서 불합격을 당하는 개와 맹도견으로 활약하다 임무가 중지된 개들을 일반 분양하는 경우가 가끔 있다. 아무한테나 분양하지 않고 엄정하게 자격을 심사해서 나누어 준다. 자주 그곳에 놀러가던 딸아이가 당당하고 잘 훈련된 리트리버종 맹도견을 보고 반한 것이다. 사육비를 자기가 다 낼 테니 다른 개들과는 전혀 다른, 진짜 사람의 친구가 될 수 있는 이 개를 키워 보자는 딸의 간절한 청을 물리칠 재간이 없었다.

그 후 몇 달 동안 그 일을 잊고 있었는데, 어느 날 딸아이가 "아빠 내주에 우리 집에 새 식구가 옵니다"라고 선언을 하는 것이 아닌가. 그 때부터 나는 다시 고민에 빠졌다. 별로 내키지 않는 마음으로 '새 식구'를 만나러 갔다. 우리가 분양받을 개는 이름이 '알마'였다. 짙은 베이지색 털의 5년생 리트리버종으로 첫눈에 누구나 사랑을 느낄 만한 개였다. 거동이 점잖고 순종적이며, 사람의 말을 잘 알아들었다. 명견의 풍모를 지닌 개였다. 다만 나이가 좀 많고, 체중이 많이 불어난 것이 흠이라면 흠이었다. 이 개의 도움을 받던 시각장애인이 입원을 하게 되어 임무를 중단하고 되돌아왔다는 것이다.

담당 직원은 개를 키우는 데 필요한 여러 가지 주의사항을 자세히 알려 주고, 당장 필요한 살림을 큰 종이 쇼핑백에 챙겨 주었다. 그 살림 도구가 우선 나의 기를 꺾어 놓았다. 거기에는 개 칫솔과 치약, 귓속을 닦아 주는 거즈, 전용 샴푸, 구충제, 개 껌을 비롯하여 2일분의 사료까지 들어 있었다. 개 이빨도 닦아 주고 귓속도 청소해 주고, 샴푸도 해 주어야 한다는 이야기다. 딸에게 코가 꿰인 애비가 그 일을 다 해야 할 판이었다. 분별력이 있는 사람이라면 그 자리에서 '노'라고 말했겠지만 이번에도 나는 우유부단하게 딱 자르지를 못했다.

알마는 자동차를 타는 일에 능숙하여 차에 오르더니 이내 코를 골고 자기 시작했다. 서양 개는 개 줄을 잡는 사람이 개주인이라더니 이 놈도 예외가 아니었다. 거기에다 개가 코를 고는 것을 본 것도 난생 처음이었다.

집에 도착하여 실내에는 들이지 않고 유리문으로 외부와 차단된 다용도실에 자리를 마련해 주었다. 한동안 그대로 두었더니 놈의 반응이 좀 이상했다. 지금 있는 자리가 자기가 있을 곳이 결코 아니라는 생각이 든 모양이다. 문을 열어 주었더니 냉큼 거실로 들어와 불 지핀 벽난로 앞에 "내가 있을 곳은 바로 여기"라는 듯이 편한 자세로 눕는 것이 아닌가.

그날 밤새 내 고민은 계속되었다. 내가 또 엄청난 실수를 한 것 같았다. 콜리도 부담스러웠는데 이제 사람과 더 가깝게 지내야 하는, 기르고 시중들기가 몇 배 더 품이 가는 놈을 만난 것이었다. 서울 나들이도 해야 하고, 여행도 해야 하는데 어쩐다? 때로는 차에 타고 데리고 다닐 수도 있지만, 매번 그럴 수도 없고, 그렇다고 혼자 집에 두고 다닐 수도 없는, 엄청난 상전이 하나 생긴 것이다.

알마는 밤새 실내에서 아무런 말썽도 부리지 않았다. 거실에 세워져 있던 빈 맥주병을 쓰러뜨린 것이 유일한 사고였다. 놀랍도록 절제력이 있고 순치된 개였다. 외로운 사람을 만나면 엄청 위안을 줄 수 있는 개였다. 그러나 나에게는 너무나 부담스러웠다.

나는 굳게 마음을 다지고 딸에게 전화를 걸어 분양을 취소하자고 했다. 딸은 무척 서운해 하면서도 어쩔 수 없다는 것을 잘 알기 때문에 내 제의를 받아들였다. 사랑스런 알마는 우리 집에 온 지 하루 만에 다시 에버랜드로 돌아갔다. 알마를 돌려보내고 오는 내 발걸음은 가벼웠다. 큰 짐을 벗어 낸 기분이었다.

이렇게 해서 4막에 걸친 개 파동은 끝났다. 그 후 진이는 우리 집의 유일한 개로 남아 지금까지 우렁찬 목소리로 집지킴이 노릇을 잘하고 있다. 아마도 자연수명이 다할 때까지 나와 함께 할 것이다.

언젠가 술자리에서 이런 이야기를 다 듣고 난 친구가 껄껄 웃으며 이 모든 사태를 한마디로 요약해 준다. "우유부단하면 개판 된다는 이야기군"

현명한 사람은 실패를 안 하고도 배우고, 우둔한 사람은 실패를 겪어야만 배운다는 것도 좋은 요약이 될 수 있을 것이다. 개의 해인 새해에는 좀 더 현명해져야 할 텐데…….

(2006. 1.)

주말 가족농장

우리 마을의 주말 가족농장이 새봄을 맞아 개장을 했다. 토요일과 일요일에는 일가족을 태운 수십 대의 자동차가 몰려와 봄볕에 졸던 마을에 갑자기 활기가 돈다. 도시에 갇혀 있던 얼굴이 하얀 어린이들이 고삐 풀린 망아지처럼 신이 나서 뛰노는 소리가 듣기에 나쁘지 않다. 어린이가 없는 마을에서 오래 산 탓인가, 아니면 이순을 훌쩍 넘은 내 나이 탓인가…….

어른들은 밭에다 심을 모종과 씨앗, 호미와 물통을 들고 분주히 오간다. 야유회를 겸한 나들이인지라 풍성해 보이는 점심 바구니를 든 엄마들의 표정도 모처럼 넉넉해 보인다. 밭에 물을 주기 위해 힘겹게 큰 물통을 낑낑대며 나르는 아이들의 모습도 대견하다. 할아버지 할머니를 모신 3대의 합동 나들이도 가끔 눈에 띈다.

'친환경 가족농장'이라는 이름의 이 주말농장이 생긴 것은 올해가 3년째이다. 농장이 들어선 땅의 주인은 이런저런 농사를 열심히 지어 보았으나 별 재미를 보지 못하던 터에 서울시가 부분적으로 지원하는 주말 가족농장 사업을 시작했다. 그동안의 수입이 괜찮았던지 올해는 면적을 두 배로 늘려 400여 뙈기를 임대했다. 뙈기마다 연간 일정액을 받고 밭을 빌려 주는 것이다. 퇴비를 넣어 밭을 갈아엎어 밭두둑을 만드는 일, 필지별로 밭을 나누어 이름표를 붙이는 일, 가물면 스프링클러로 물을 뿌려 주는 일 등은 주인의 몫이다.

가끔 나는 산책길에 이 주말 농원에 무단출입을 한다. 천천히 한 바퀴 돌면서 정성들여 가꾼 텃밭을 살펴본다. 어떤 밭은 프로 농군 뺨치게 잘 가꾸어 놓았고, 어떤 밭은 고추 묘를 한 뼘 간격으로 심어 놓는 등 "농사는 초보입니다"라고 표를 내고 있다.

솜씨야 어떻든 가족의 이름표를 붙인 밭뙈기 하나하나에는 도시에 사는 한 가족의 소박한 꿈과 이야기가 자라고 있다. 땅을 떠난 사람들이 다시 땅과 가깝게 지내고 싶다는 간절한 소망과, 내 아이에게 땅과 생명을 가르쳐 주겠다는 부모들의 생각도 엿보인다.

텃밭은 어린이들에게는 좋은 교육장일 것이다. 아이들에게 그들이 아는 세상보다 훨씬 오래고 의미 있는 세상이 있다는 것을 깨우쳐 줄 수 있을 것이다. 땀을 흘려야 소출을 먹을 수 있고, 참고 기다려야 결실을 볼 수 있다는 소박한 진리를 체험할 수 있는 곳이다.

텃밭은 어른이 어른 노릇을 할 수 있는 곳이다. 심고 가꾸는 행위는 전통으로 돌아가는 일이다. 무엇을 심을지, 언제 심을지, 언제 거둘지를 결정하는 것은 어른이다. 농경시대에 이런 일들은 모두 아버지나 할아버지 등 집안의 연장자가 정하는 일이었다. 산업사회가 되면서 이런 가부장의 권위는 초라할 정도로 축소되었다. 그러나 텃밭에서는 어른이 어른 노릇을 하게 되어 있다.

텃밭은 현대인의 마음을 치료하는 데도 더 없이 좋을 곳일 터이다. 인간과 땅은 가장 자연스러운 관계로 수만 년을 지내 왔다. 인간이 도시에 모여 살면서 인간은 땅으로부터 소외되었다. 무엇을 심고 가꾸는 행위는 인간과 땅 사이의 자연스런 생산적 관계를 회복하는 일이다.

우리보다 산업화가 앞선 나라에서는 도시화·산업화에서 오는 사람과 땅 사이의 소외 문제를 해결하려는 텃밭운동이 100년 이상의 전통을 가지고 있다. 대표적인 것이 독일의 슈레버스 가르텐(Schrebers Garten)운동이다. 슈레버 박사는 1870년 라이프치히에서 텃밭대여제도를 창시한 외과의사의 이름이며 '가르텐'은 영어의 garden에 해당하는 말이다. 우리말로 옮기면 "슈레버 박사의 텃밭"쯤 되겠다.

슈레버 박사는 정원을 가꾸는 일이 사람들의 육체적 정신적 건강의 증진에 도움이 된다는 신념을 갖고 노동자들에게 텃밭대여를 주선하는 사회운동을 펼쳤다. 당시 독일은 유럽의 다른 나라보다 다소 늦게 산업혁명이 일어나 도시화·공업화가 빠르게 진전되어 대대적인 도농 인구이동이 있었다. 한때 땅과 더불어 살던 사람들이 공장 노동자로 일하기 위하여 도시로 이주하였을 때 그들에게 주어진 것은 거대한 공장건물 사이에 허술하게 지은 노동자들의 아파트였다. 주변은 나무 한 그루 풀 한 포기 보기 어려운 삭막한 환경이었고, 많은 노동자들이 공장지대의 나쁜 공기와 신선식품의 부족으로 건강을 잃어 갔다.

슈레버 박사는 이처럼 열악한 환경에서 사는 근로자들이 도시 변두리의 공유지를 빌려 텃밭을 가꿀 수 있도록 발 벗고 나섰다. 근로자들에게 태양과 산소가 풍족한 녹색의 휴식공간을 주고, 부족한 청정채소를 자급케 할 목적이었다. 이 제도는 점차 독일 전역으로 확산되었고, 오늘날까지 존속되고 있다. 물론 오늘날의 이 제도는 식량공급의 목적보다는 휴식과 취미생활의 공간으로 더 큰 구실을 하고 있다.

슈레버 텃밭은 법에 의하여 필지당 400평방미터(약 130평)를 넘을 수 없게 되어 있다. 보통 50~100필지가 모여서 하나의 조합 단위를 구성한다. 조합은 비영리 사단법인으로 엄격한 공법상의 관리 대상이 된다. 슈레버 텃밭 조합은 땅을 직사각형으로 반듯하게 구획을 하여 조합원들에게 한 필지씩 임대해 준다. 임대를 받은 회원은 자기 땅 주변에 울타리를 두르고 그 안의 땅을 쪼개어 통로와 밭과 화단을 만든다. 각 텃밭에는 대개 수도와 전기가 연결되어 있으며, 농기구를 보관하고 차를 마시며 쉴 수 있는 작은 목조 움막도 설치할 수 있다.

같은 시대 미국에서는 유 에스 스틸 회사를 비롯한 대기업이 종업원의 건강과 복지를 위해 텃밭운동을 벌인 기록이 있다. 특히 오지에 있는 광산에서 일하는 이민 근로자들에게 텃밭을 가꾸는 일은 새로운 땅에 애정을 갖고 빨리 적응하는 길이었으며, 생계에도 보탬이 되었다.

텃밭을 가꾸는 일은 건강한 가족관계를 이끄는 품위 있는 근로자를 만드는 지름길로 여겨졌다. 텃밭이 있는 근로자는 업무가 끝나면 술집으로 가지 않고 바로 집으로 달려간다는 것이다. 이런 점을 고려하여 회사는 종업원들의 텃밭 가꾸기를 장려하는 경진대회를 열기도 했다.

땅과 친해지는 것을 현대인의 병리 치료에 이용하는 일도 널리 알려져 있다. 사회복지제도가 발달한 나라에서는 병원, 양로원, 약물중독자치료소, 교도소, 정신발달장애아 수용시설에서 동물 기르기와 더불어 텃밭가꾸기를 치료 방법으로 쓰고 있다.

Instant, Fast, Real time 등의 어휘가 많이 쓰이는 세상이 되었지만 사람들은 오히려 느긋함의 미덕을 다시 동경하게 되었다. 텃밭은 느긋함의 지혜를 배우기에 더 없이 좋은 곳이다. 누군가 "무엇을 심고 가꾼다는 것은 살벌하고 부패한 세상에서 인간이 할 수 있는 몇 가지 안 되는 의미 있는 행동의 하나" 라고 했던 말을 떠올린다.

콘크리트와 아스팔트의 구조물 속에 갇혀 사는 대도시 주민들에게 땅은 부와 권력을 상징하는 초고가의 상품으로 존재한다. 그들에게 땅과의 건강한 관계를 회복해 주고 녹색의 동경을 충족시켜 줄 텃밭운동이 보다 조직적으로 활발하게 전개되기를 소망한다. 과밀과 열악한 환경에 시달리는 대도시와 고령화로 시들어 가는 농촌 모두에게 윈윈 게임이 되는 방안이 얼마든지 나올 수 있을 것이다.

(2004. 5.)

시골살이하면서 자주 받는 질문

요즘 귀농과 귀촌을 구분해서 쓰는 것 같다. 농업을 생업으로 삼기 위해 농촌으로 돌아가는 것이 귀농이라면, 단순히 삶의 터를 시골로 옮기는 것은 귀촌이라고 한다. 이렇게 구분 지어 말하면 10년을 넘긴 나의 시골살이는 귀촌에 가깝다.

그동안 여러 친구가 내가 사는 곳을 다녀갔다. 아직 서울에서 사회활동을 하는 아내와 주중에는 떨어져 지낸다. 그런 내 시골 생활에 대해 궁금한 것이 많은지 친구들은 이것저것 질문을 한다. "물 좋고 공기 좋은 곳에서 살고 있으니 좋겠다"는 말을 하면서도 내가 사는 방식을 선뜻 내켜 하는 것 같지는 않다. 친구들의 질문에 대답을 하다 보니 그들이 자주 던지는 질문 패턴이 있고, 그것이 우리 사회의 생활문화를 다분히 반영한다는 생각이 든다. 그것을 여기 간추려 본다.

질문 1. "식사 문제는 어떻게 해결해?"
가장 많이 받는 질문이다. 역시 하루 세끼 먹는 문제는 나이든 남자의 가장 큰 관심거리인가보다. 대장부는 부엌 근처에 얼씬거리지 않는다는 '마초' 문화는 아직도 우리 사회에 뿌리가 깊다. 친구 중에는 부엌에서 라면을 끓이거나 계란 프라이조차 해본 경험이 없는 사람도 있다. 그들에게 혼자 밥을 해 먹고 사는 내가 좀 신기해 보였는지도 모른다.

나는 그들에게 밥 짓고 간단한 요리 몇 가지쯤 할 수 있도록 익혀 두라고 권한다. 보다 큰 자유를 누리려면 이런 사소한 불편은 즐겁게 감내할 필요가 있다. 남편도 아내의 밥상 서비스로부터 자유로워지고, 평생 가족 뒷바라지를 한 아내도 남편 수발로부터 자유롭게 해 주는 길이다.

이런 취지에서 얼마 전에 스스로 밥도 못 챙겨 먹는 사람은 '생활 장애인'이라는 요지의 글을 써서 웹페이지에 올렸더니 "평생 허리가 휘도록 일해서 가족들을 먹여 살렸더니 이제는 나이 들고 은퇴했다고 밥도 제 손으로 차려 먹으라는 말이냐."며 술자리에서 나를 성토하는 동창들이 좀 있었다는 후문이다.

등산 다니며 익힌 취사 솜씨로 시작한 나의 원시적인 조리 솜씨는 시간과 더불어 조금씩 나아졌다. 메뉴도 다양해지고 맛을 내는 요령도 생겨서 이제는 주말에 서울에서 가족이 오면 내가 만든 음식으로 대접할 만큼 되었다. 집에서 만든 음식을 늘 먹다 보니 이제는 식당에서 파는 음식의 허점도 알게 되었고, 부엌이 살아야 가족의 건강이 산다고 믿게 되었다. 식사를 외식업과 공장과 마케팅에 맡겨 놓은 사회에서는 국민이 비만과 성인병으로

병들어 간다. 소비자를 대상으로 한 입맛 경쟁에서 이긴 식품이 반드시 좋은 식품은 아니다. 우리 사회도 시간 부족 사회가 되면서 이런 부작용에 시달리고 있다.

질문 2. "적적하지 않아?"

많은 사람이 시골생활에 대한 막연한 동경에서 귀촌을 했다가 점차 찾아오는 사람도 뜸해지고 몰두할 일도 없어지면 위기를 맞는다. 이주 초기에는 도회지 친구들이 자주 찾아오고 바비큐 파티도 자주 연다. 그러나 파티를 연일 계속할 수는 없다. "시야에서 사라지면 마음속에서도 사라진다"(out of sight, out of mind)는 말처럼 곧 잊힌다. 귀촌한 사람 중에는 잊힘과 적적함을 못 이겨 도회지로 되돌아가는 사람도 적지 않다.

우리 마을에 몇 년 전 60대 초반의 부부가 집을 짓고 이사를 왔다. 평생 토건업을 하던 분이 사업을 정리하고 좀 한적하게 살자고 귀촌을 한 것이다. 그 분은 나를 만날 때마다 심심하고 외롭다는 말을 한다. 먼저 살던 동네의 이웃들과 어울려 술잔을 나누며 지내던 시절이 그립다고 했다. 그 집 부부는 최근 텃밭 농사일조차 없는 겨울에는 아예 먼저 살던 동네로 돌아가 겨울을 나고 돌아온다.

한국인은 대체로 외로움을 잘 타고 프라이버시에 대한 주장이 그리 강하지 않다. 사람들이 많은 곳을 좋아하여 휴가도 해운대나 설악산, 제주도 등 사람들이 북적이는 곳을 즐겨 찾는다. 등산을 가도 북한산과 청계산 등 사람들이 많이 오는 곳으로 간다. 전통적으로 좁은 공간에서 살을 비비고 살아왔기 때문일지도 모른다.

다행히 나는 외로움을 별로 타지 않는 편이다. 어려서는 혼자 놀기를 좋아한 좀 괴팍스런 아이였고, 지금까지도 마찬가지다. 사람이 많은 휴양지나 산에 가는 것을 싫어하고 호젓한 곳을 좋아한다. 덕분에 나는 혼자 지내는 일에 잘 적응할 뿐 아니라 매우 즐기고 있다.

프라이버시에 대한 주장도 매우 강한 편이다. 직장에서 물러나 집으로 돌아왔을 때 가장 먼저 부딪힌 문제는 '나만의 공간' 의 문제였다. 집안은 활동성이 강한 가족들에 의해 분할 점령되어 있었고 호젓이 책도 읽고 아직까지 끊지 못한 담배도 마음 놓고 피울 수 있는 나만의 공간은 없었다. 이것은 은퇴를 하는 모든 남성들이 겪는 문제다. 어떤 사람은 사무실이나 오피스텔을 따로 얻어 사적 공간을 확보하기도 한다. 나는 시골로 거처를 옮기는 길을 택했다.

혼자 지내기를 즐기지 않는 사람에게는 시골살이를 권하고 싶지 않다. 친구들과 어울려 바둑도 두고 등산도 하고 술상을 앞에 놓고 정담을 나누며 노년을 보내는 것도 즐거운 일이다. 사람에게 가장 큰 실망을 줄 수 있는 것이 사람이지만 반대로 가장 큰 행복과 즐거움을 주는 것도 역시 사람이다. 사람들과 어울리는 것이 즐거운 사람에게는 시골살이가 적합하지 않다.

한 친구는 노년이 될 수록 사람들이 많이 몰리는 시장통 근처에 사는 것이 바람직하다는 말을 했다. 기가 떨어지는 나이에 접어들었으므로 다른 사람들의 왕성한 기를 받으려면 사람 많은 데로 가야 한다는 것이다. 나는 그 친구의 주장에도 일리가 있다고 생각한다.

질문 3. "무얼 하고 지내?"

"백수가 과로사한다"는 우스개 소리가 있지만, 백수에 가까운 나도 할 일이 없거나 심심해 본 적은 없다. 시골에 살면 할 일이 많다. 집 안팎에 눈에 보이는 것이 다 일거리다. 해야 할 일의 목록을 적어 보면 늘 종이 한 장에 다 적지 못한다.

연중 쉴 새 없는 잡초 뽑기에서 밭갈기와 작물 심고 가꾸기, 나뭇가지 치기, 고장난 기계와 도구를 수리하고 집 수선하는 일, 개를 돌보는 일 등, 보이는 것이 다 일감이고 그런 일은 해도 해도 표도 안 나고 끝도 없다. 이런 잔 일거리를 손수하지 않으면 남의 손을 빌려야 하고, 남의 손을 빌리면 출장비에 수리비에 돈도 많이 들어간다. 그래서 웬만한 일은 다 내 손으로 처리한다. 다행히 기계류와 공구 만지는 것을 좋아하고 잘 다루는 편이라 큰 불편은 없다.

평생 머리만 굴리고 살아온 사람들에게 몸을 움직여 밭을 일구어 채소와 꽃을 가꾸고, 벽돌을 쌓고 목공일을 하는 것은 즐거운 일이다. 노동의 성과가 추상적이었던 세계에서 살던 사람에게 성과가 구체적으로 눈앞에 나타나는 것은 경이로운 경험이다. 이웃 동네에는 변호사를 하는 분이 중고 포크레인을 한 대 사들여 주말이면 손수 마당을 고르고 정원을 꾸미는 일을 하고 있다는 이야기를 들었다. 포크레인으로 땅을 만지는 일은 먹물만 먹고 살던 사람들에게는 스트레스가 확 풀리는 신나는 일일 것이다.

그러나 몸을 움직이는 일만 해서는 시골살이가 적적해질 수 있다. 주경야독, 청경우독하는 생활, 육체와 정신의 양쪽 세계를 자유롭게 드나드는 생활을 하는 사람들이라면 그럴 염려는 적다.

지난 7년간은 강의를 준비해야 했고, 요즘엔 신문에 3일에 한 번씩 칼럼을 쓰고 있다. 강의나 글쓰기나 다 돈벌이는 되지 못하지만 사회와 인연을 유지하고 세상을 위해 무언가 조금이라도 기여를 하고 있다는 것은 정신건강을 위해서도 좋은 일이다. 이런 일을 하려면 부지런히 인터넷 바다에서 정보사냥도 해야 하고 책장도 들추어야 한다.

시간이 나면 야생화 동호인들과 사진기를 들고 들꽃을 찾으러 다닌다. 노년에 좋은 소일거리가 될 것이라며 몇 년 전 아내가 만들어 준 나의 웹사이트 "시니어들을 위한 문화사랑방" (www.from60.com)을 관리하는 일도 일거리 중 하나다.

질문 4. "무슨 농사를 지어?"
텃밭 가꾸기를 즐기는 친구들이 주로 하는 질문이다. 그들과 만나면 할 이야기가 참 많다. 낚시꾼들에게 무용담이 많듯이 텃밭 농사꾼들도 나름대로 재배경험을 털어놓고 싶은 욕구가 있다.

지난 9년 동안 먹거리로서 심어 볼 만한 것은 거의 다 심어 보았다. 언젠가 밭에 있는 작물의 종류를 헤아려 보니 30가지가 넘었다. 예나 지금이나 가장 중점을 두는 것은 고추다. 고추는 우리나라 국민채소 1호라고 해도 과언이 아니다. 해외 동포들도 마당에 채소를 심을 때 고추를 가장 먼저 심는다. 고추는 기르기도 쉽고 손도 덜 간다. 친지와 이웃에게 가장 인기 있는 선물이다.

매실나무가 여러 주 있어서 매실즙을 만들어 친지들에게 나누어주기도 한다. 딸기로는 잼을 만들어 두고 나누어 먹는다. 요즘은 오미자 농사를 잘 지어 보려고 노력 중이다. 쓰임새가 많은 배추, 무, 파는 그동안 토질 탓인지 별로 성적이 좋지 않아서 아내로부터 핀잔을 자주 듣는다.

먹는 농사를 넘어 꽃 키우기에 관심을 가진 친구를 만나기는 쉽지 않다. 나무를 가꾸는 이야기를 나눌 친구는 더욱 드물다. 먹는 농사와 꽃가꾸기와 나무가꾸기가 한데 어울려야 마당일이 재미있어진다. 국민의 70%가 농민인 농경사회에서 출발한 우리 세대가 불과 두 세대 만에 시골생활의 모든 것을 잊고 고도로 도시화된 세대가 되어버렸다는 것을 절감한다.

귀촌 초기에는 야생화 재배에 열을 올렸었다. 욕심껏 구해다 심어 보았지만 환경에 적응하는 품종은 집 주변에서 잘 자라는 것들뿐이었다. 고산식물을 억지로 살려 보았자 꽃의 색깔과 발육이 자생지의 것과는 달랐다. 야생화는 역시 집에서 기르는 것이 아니라 자생지에 찾아가서 보아야 한다는 것을 깨닫고 나서는 원예 품종을 주로 키운다.

질문 5. "이런 데를 어떻게 찾아냈어?"

내가 노년의 귀촌을 생각한 것은 30대 말, 다가오는 마흔이란 나이의 무게가 엄청 무겁게 느껴졌던 시절이다. 친구들과 술자리에서 노년에 살 곳을 찾아서 터를 마련하자는 이야기를 꺼냈을 때 여러 명이 동조했지만 막상 행동으로 옮긴 것은 나뿐이었다.

여기저기로 주말 등산을 다니면서 살터를 찾던 중에 지금 내가 사는 집 부근의 식당에서 점심을 먹다가 식당 주인 여자의 소개로 작은 농가와 텃밭이 달린 지금의 삶터를 구입하였다. 벌써 25년 전, 내 나이 40세 무렵이었다.

강과 산이 내려다보이고 시골스러움이 그대로 남아 있어서 마음에 쏙 들었다. 상수원 보호구역과 그린벨트의 이중 규제로 묶여있던 곳이라 아무도 거들떠보지 않던 곳이었지만 이런 이중 규제 때문에 개발이 안 되고 한적한 마을의 모습이 오래 보존되리라 믿었고 서둘러 계약을 했다.

그 후 정부가 그린벨트 규제를 완화했기 때문에 마을도 옛 모습을 거의 잃었다. 포장도 안 되었던 국도는 길 건너기가 겁날 정도로 차량통행이 많아졌고, 상수원 특별대책지역인데도 끊임 없이 새집들이 들어서고 있다. 대한민국에서 개발의 포크레인으로부터 안전한 땅은 어디에도 존재하지 않는다는 것을 절실히 느끼고 있다.

(2007. 5.)

2
일상 속의 느낌표

느긋함에 대한 학습

타고난 성정이 급한 편인지, 아니면 쫓기듯 살면서 든 버릇인지 마음이 늘 바빴다. 마음의 속도와 현실의 속도가 잘 안 맞으면 생각은 더 바빠진다. 그런 까닭에 꾸물대는 것을 보면 잘 참지 못했다. 차를 몰고 가다가도 대로 한 복판에서 저속으로 노닥거리는 차를 보면 저절로 험한 말이 나왔다. 속도위반 벌금도 여러 번 냈다. 식사도 빨리 하는 편이고, 대체로 모든 것을 서둘러했다.

아내는 내 느긋하지 못한 성격을 자주 탓했다. 그래서 가끔 언쟁이 벌어지곤 했다. 나도 내 약점을 아는지라 좀 여유만만하고 침착해지려고 하였다. 여유와 침착은 남자다움의 덕목이다. 운전대에서 용감한 것은 실상 남성적인 것과 아무 관계도 없음을 나도 잘 안다.

30년 직장생활을 마감하고 2선으로 물러나면서 나의 생활은 다소 느긋해졌다. 시간이 많아졌다. 늦잠도 자 보고 안 가 보던

데도 가 보며 시간을 넉넉하게 쓰게 되었다. 집을 시골로 옮기면
서 사는 속도는 더 느긋해졌다. 내 생활에 농경민의 시간관념이
조금씩 들어오기 시작했다고 할까. 텃밭은 느긋함을 배우기에는
좋은 곳이다.

그렇게 몇 년을 보내니 뭔가 조금씩 달라지기 시작했다. 전에
는 지루하여 도무지 책장이 안 넘어가던 책들이 이제는 다소 읽
을 만 하게 되었다. 인내심을 발휘하지 않으면 들어내지 못하던
음악도 귀에 들어오기 시작했다.

몸보다 늘 마음이 앞서 가고, 마음속에서도 이 생각과 저 생각
이 속도경쟁을 하던 것이 이제는 얼추 보조를 맞추기 시작하는
것 같다. 이런 것이 느긋함이 주는 축복일까?

처음으로 내가 살아온 삶의 템포에 대하여 객관적으로 살펴볼
여유를 갖게 된 것이다. 마치 고속도로 휴계소에서 커피를 한잔
마시면서 고속도로를 바라볼 때의 느낌과 같은 것이다. 모든 차
들이 굉음을 내며 치달린다. 다들 미친 듯이 달려 어디로 가는
것일까? 그런데 조금 전까지 나도 저들 못지않게 달리고 있었고,
내가 미친 듯이 질주하였다고는 생각지 않았다. 이것은 새로운
발견이고 놀라움이다.

대체로 사람들은 '느림'과 '무위'에 대하여 혐오감을 가지고
있다. 우리 사회가 그렇게 몰아가고 있다. 나도 그 예외는 아니
었다. 모두들 그렇게 바쁘게 살았고 무언가 해야만 했다. 그렇지
않으면 먹고살 수 없었던 시대를 우리는 살아왔다. 역사를 단축

한다고 온 나라가 집단 구보를 강요당해 왔다. 공장과 공사장에서는 24시간 돌관 작업이 벌어지고, 기업에서는 철야근무를 밥 먹듯 했다. 요즘은 디지털혁명이 가세하여 변속 기어가 한 단 더 높아진 느낌이다. "뒤지면 죽는다."는 강박관념이 더 무섭게 우리 사회를 지배하고 있다.

'빨리빨리'란 말은 한국인이 많이 나다니는 세계의 어느 곳에서도 잘 통하는 말이 되었다. 해방 후 우리나라에 진주한 미군들이 한국인 근로자에게 가장 많이 쓰던 말은 '허바허바'(hubahuba)였다. 미군 속어로 빨리빨리란 뜻이다. 농경문화의 시간관념을 가진 한국인들을 보고 산업사회의 시간관념을 가진 그들은 늘 답답했을 것이다. 초등학교 시절 내가 처음 얻어 듣고 배운 영어는 이 말이었다.

그런데 어느 틈에 우리가 빨리빨리를 입에 달고 다니는 국민이 되었다. 동남아에서 한국인이 많이 가는 식당은 한국 관광객을 실은 버스가 식당에 도착하자마자 웨이터들이 바로 음식을 나르기 시작한다. 손님과 음식이 거의 동시에 입장을 하는 진풍경이 벌어진다. 빨리빨리를 연발하는 한국인의 급한 기질에 그들 나름으로 현명하게 적응한 것이다.

관광객들은 바쁘게 살다가 잠시 쉬러 온 사람들이다. 그럼에도 노는 것조차 서둔다. 맛있는 식사를 주문하고 음식이 나올 동안 한 잔 마셔가며 생각에 잠겨 보거나, 보고 느낀 것을 서로 도란도란 이야기할 그런 마음의 여유가 우리에게는 없다.

술을 마시는 것만 보아도 우리는 조급하다. 한국은 세계적으로 고급 위스키를 많이 소비하는 나라로 꼽힌다. 좋은 위스키는 더 디 익는다. 오크통 속에서 향과 맛이 익는 동안 모두가 기다려야 한다. 그런데 많은 한국인은 그렇게 만들어진 비싼 위스키를 맥주에 타서 폭탄주를 만들어 마신다. 더딤과 기다림이 만들어 낸 좋은 술을 가장 맛없게 가장 빨리 마시는 주법이 횡행하고 있다. 이 얼마나 황당한 일인가!

모든 일을 서두르다 보니 우리에게는 지도보다는 약도가 편하다. 지도를 가지고 정밀행동을 하는 것이 아니라 약도만 들고 현장에 가서 이리 저리 추가 정보를 얻어 목적을 달성하면서 가는 것이다. 이 과정에서 겪는 시행착오를 우리는 당연하게 여긴다.

구보만 해 왔기에 호흡이 짧아서인지, 또는 변화의 속도가 빨라서 미래에 대한 확신이 없어서인지 우리 사회는 회임기간이 긴 일은 아무도 하려 하지 않는다. 선출직 공직자들은 자기 임기 안에 열매를 따먹을 수 없는 일은 당초부터 손대려 하지 않는다. 손자세대에 가서 열매를 거둘 사과나무를 심는, 여유 있는 마음가짐은 찾아보기 힘들다.

하기야 근대화를 요약한다면 '속도화' 라고 요약할 수도 있을 것이다. 물리학적으로 속도는 바로 힘이다. 말로 방적기를 돌리던 사람은 증기기관으로 돌리는 사람에게 미래를 빼앗겼다. 1분에 120보 걷는 나폴레온 군대는 80보를 걷는 다른 나라 군대들을 파죽지세로 물리쳤다. 중국에서 첫물 차(茶)를 싣고 영국으로 가는 범선들 중 늘 제일 먼저 도착하는 배는 뒤쫓아오는 배들보다 몇 배의 이익을 챙겼다.

속도경쟁은 계속되었다. 전쟁은 속도전이 되고 그것이 다시 미사일, 전자전이 되었다. 범선은 기선이 되었다가 비행기와 초음속여객기에게 선두 자리를 차례로 내주었다. 마르코니의 무선통신과 모르스 부호는 전화와 팩스, 위성전화와 인터넷에 자리를 내주었다. 이 눈부신 경쟁이 어디까지 갈지는 아무도 모르고 있다.

먹고사는 데도 패스트 푸드, 인스턴트 식품, 기성복, 1회용 소비품 등이 파고들어 시간을 절약해 주게 되었다. 책도 빨리 읽고 빨리 버린다. 심지어 남녀 관계도 스피디하게 시작되고 끝난다. 빠른 것이 가치 있는 것이 되고, 모두가 이런 가치를 잘 실현해 주는 상품을 가지려고 한다.

이렇게 사는 것이 과연 바람직한 것인가? 이에 대해 독일의 시간연구가 칼하인츠 가이슬러가 복음을 전한다. 그의 저서 『시간』(박계수 번역/석필출판사)에서 몇 대목을 짚어 보자. 우선 그는 현대사회의 속도지향성을 경계한다.

"빠름만이 가치 있는 것으로 간주되는 곳에서 느림은 경시된다. 속도는 창조력이 될 뿐 아니라 동시에 사회를 파괴하는 폭력이 된다."

“느림을 몰아낸다면 - 양노원에서든 특수학교에서든 - 그것은
인간관계의 죽음을 의미한다.”

“시간을 잃어버리는 건 아닐까 하는 걱정이야말로 실제로 시
간을 잃어버리는 가장 확실한 길이다.”

그는 느림과 기다림만이 인간성을 풍요하게 해 주고 창조성을
촉발한다고 강조한다.

“느림만이 결속과 사랑, 신뢰를 가능케 한다.”

“사랑은 느림 안에서, 느림을 통해서 가능하다. 속도는 이 세
상의 사랑을 희미하게 한다.”

“느림이 우정을 발명했다. 빠름에는 친구가 필요치 않다.”

“유아시절의 경험을 완전히 잊어버리지 않은 사람은 기다림이
얼마나 창조적이며, 얼마나 흥미진진하며, 얼마나 중요한지 안
다.”

“기다릴 수 있는 자만이 무엇인가를 기대할 수 있다.”

그는 또 부를 얻기 위해 젊음을 소모하고, 늙어서는 젊어지기 위해 부를 소모하는 희비극적 삶의 양식을 피하기 위한 지침을 다음과 같이 말한다.

"시계라는 기계가 가리키는 시간을 최대한 이용하는 것이 중요한 게 아니라 자기 고유의 시간을 인지하는 능력을 발달시키는 것이 중요하다."

"고유의 시간을 살아간다는 것은 바로 자기 자신을 알고 살아간다는 것을 의미한다."

80년대와 90년대에, 우리 사회는 '삶의 질' 문제를 사회적인 화두로 올린 적이 있다. 그러나 문제 제기만 있었을 뿐 구체적인 사회적 합의는 이루어진 것이 없었다. 그러던 중 외환위기를 맞았었고, 지금은 누구도 그런 사치스런 말을 입에 올리지 않는다. '삶의 질'이 중요한 것은 모두가 인정하지만 사람들이 더 걱정하는 것은 지금 이 자리의 '삶의 질'이 아니라 앞으로 어떻게 살아갈 것인가 하는 것이다. 무섭게 빨리 변하는 세상을 맞아 다들 미래가 불투명하고 불안한 것이다.

그러나 절박할수록 여유를 가져야 하지 않을까. 장래에 대한 불안에 얽매이면 현재의 삶의 질은 망가지고 만다. 가이슬러의 말대로 우리는 "부를 얻기 위해 젊음을 소모하고, 늙어서는 젊어지기 위해 축적한 부를 소모하는 희비극적인 삶"은 피해야 한다. 진정 중요하고 의미있는 것을 놓쳐 버린 채 중요하지 않는 것과 무의미한 것을 중요하게 만드는 잘못을 저질러서는 안 될 것이다.

그러기 위해서는 느긋함과 기다림의 미덕을 지금으로부터라도 배워야 한다. 무위와 휴식을 존중하고 사랑하는 법을 배워야 한다. 무념무상의 상태로 우두커니 앉아 있을 수 있는 것도 고등동물이나 할 수 있는 일이다. 가끔 시간의 틀 밖으로 나가서 깊은 생각에 잠겨 보는 일도 해 볼 만한 일이다. 빈 하늘에 저녁별이 떠오르듯, 비운 마음속에서 문득 찬란한 빛을 내는 생각이 떠오를 수 있음을 알아야 한다.

적당한 병은 아이를 현명하게 한다. 분주히 뛰놀던 아이가 자리에 누워 있는 동안 생각하는 능력과 상상력이 자라기 때문이다. 어른도 마찬가지다. 심한 감기 몸살을 앓느라 며칠 누워 있으면서 일상의 시간 밖으로 나가게 된다. 그때 우리는 평소에 보이지 않고 느끼지 못하였던 것을 새삼스럽게 보고 느끼게 된다.

우리가 습관 속에 매몰되어 평소 보지도 못하고 느끼지도 못하는 것들 중에 중요한 것이 많이 있음을 알게 된다면 그것은 진정한 축복이 아닐 수 없다.

(2003. 3.)

선물

예순두 번째 생일을 앞둔 어느 날 딸이 물었다.

"생신 선물을 드리려는데, 요즘 필요하신 물건 없어요?"

전례로 봐서 10만 원 안팎의 선물을 하나 하고 싶은 듯한데 받는 사람의 의중에 없는 엉뚱한 것을 사지 않으려고 미리 좀 알아보자는 것일 터이다. 선물을 준다니 고맙기는 한데 얼핏 머리에 떠오르는 물건이 없기에 결정을 미루어 버렸다.

"당장 생각이 안 나는데, 생각이 나거든 알려 주지"

그러나 생일날이 한참 지나도록 나는 알려 주겠다는 약속을 지키지 못했다. 곰곰이 생각해 봐도 당장 갖고 싶거나 필요한 물건이 생각나지 않았기 때문이다. 그렇다면 나는 필요한 물건을 다 가지고 있는 복에 겨운 사람인가? 아니면 일상적인 물질적 욕구를 초월해서 사는 거룩한 사람인가? 이렇게 스스로에게 물어 보지만 대답은 둘 다 '그건 아니다' 라고 말할 수밖에 없다. 산다는 것이 소비의 연속이고, 누구도 그것으로부터 완전히 자유로울 수 없기 때문이다. 다만 사회 일선에서 물러난 나이 탓으로, 또 그 동안 꼭 필요한 것은 대체로 가지고 있기 때문에 쓰임새와 소비의욕이 좀 둔화되었을 뿐일 것이다.

사람들은 기초생활의 필요에 의해서뿐 아니라 자기를 표현하기 위해서, 그리고 새로운 세계를 경험하기 위하여 끊임없이 상품을 사 들인다. 또 많은 경우 삶의 무료함을 달래려고 물건들을 사 들인다. 이런 욕구 - 취득 - 사용 - 싫증의 끊임없는 순환에서 한걸음 비켜서게 된 것은 어떤 의미에서 축복이긴 하다. 반면 그것은 삶의 추진력이 되는 '욕구'와 '호기심'의 쇠퇴를 뜻한다. 일상적인 삶의 잔재미를 거부하는 것은 권태의 시작이다. 그러기에 조금은 쓸쓸한 축복이다.

돌이켜 보면 소비생활의 사슬은 징그러운 것이다. 직장을 갖고 가정을 이루어 살면서 머리가 반백이 되기까지 진이 빠지도록 밟아야 하는 디딜방아와 같은 것이다. 좀 풀려나려나 싶으면 시장은 "신제품이다, 업그레이드 제품이다, 새 모델이다" 하면서, "내 이름은 만족과 행복이다. 나를 잡아보라"면서 우리를 유혹한다. 또 신분의식과 정체성을 부추겨 "훌륭한 당신에게는 이런 명품이 어울린다"면서 브랜드를 빙자하여 똑 같은 물건을 값을 몇 배나 받는다.

현대인은 이처럼 기업의 판촉 포위공격 속에서 살고 있다. 자본과 기술과 정보를 가지고 소비자의 마음을 꿰뚫어 읽어 내는 거대기업이야 말로 이 시대의 실질적인 권력이다. 그 힘은 기업에 있는 것이 아니라 설득당한 소비자들의 마음속에 있다. 이런 거대 권력의 병주고 약주기의 순환은 끝이 없다. 딱하게도 귀가 얇아서 잘 넘어가는 사람은 오히려 사회적 약자인 경우가 많다.

상품들이 다양하고 많아진 만큼 생명이 짧아진 것도 요즘의 현상이다. 생활에 필요해서가 아니라 호기심과 일상의 권태를 덜기 위해 사 들인, 있어도 없어도 좋은 물건들의 수명은 더욱 짧다. 금방 싫증이 난 물건들이 온 집안에 굴러다니는 것이 우리네 살림이다. 정보시대가 목숨이 짧은 쓰레기 정보의 홍수를 몰고 오듯이 대량 소비시대도 쓰레기 상품의 홍수를 몰고 왔다.

내가 어렸을 때는 비누라고 하면 빨랫비누와 세숫비누 두 가지밖에 없었다. 그러나 요즘 수퍼마켓에 가 보면 세제의 종류가 몇십 가지나 된다. 용도대로 사용하면 편하기는 하지만 그만큼 주머니를 털어야 하고, 주머니를 턴 만큼, 또 늘어난 세제의 종류만큼 행복이 늘어나지는 않는다. 시장에는 언제나 사람들의 마음을 혹하게 하는 신제품들이 호객하러 나오지만 만족과 행복은 제품의 제원이나 브랜드의 지명도만큼 늘어나지 않는다.

받고 싶은 선물의 품목을 찾아내지 못했다는 것은 유형적인 물건이 주는 한시적인 기쁨에 어지간히 진력이 난 나이가 되었다는 뜻일 것이다. 그것은 이제 기쁨의 원천을 다른 곳에서 찾아야 한다는 가르침으로 받아들여야 할 것이다. 유형의 세계보다는 무형의 세계, 물질보다는 영혼, 물건보다는 사람, 받는 것보다는 베푸는 것에서 새로운 만족과 행복을 찾아야 한다는 것으로 풀이하면 될 것이다.

텔레비전에서 할머니 할아버지들을 위해 자장면을 만드는 중국음식점 주인, 달동네 사람들 머리를 무료로 깎아 주는 이용사, 장애인과 고아원에 가서 아이들과 놀아 주는 젊은이들의 모습을 본다. 수해 지역에 가서 땀을 흘리며 복구를 돕는 자원봉사자, 노인환자들의 목욕 봉사를 전문으로 하는 아름다운 사람들도 있다. 그들의 모습을 보고 있노라면 저들이 진정 행복한 사람들이고 그 기쁨은 깊고 오래갈 것이라는 생각을 하게 된다. 물건이 주는 기쁨은 그 생명이 지극히 짧고 깊이도 얕다. 시장에서는 진정한 행복을 살 수가 없다. 더 큰 기쁨은 사람과 사람의 관계에서 나온다.

가진 것이 많아야 베풀 수 있다는 말은 사실과 다르다. 우리나라에서도 그렇거니와 잘사는 미국에서도 기부금 모금을 해 보면 보통 사람들과 못사는 사람들이 부자보다 오히려 기부를 더 잘하고, 또 소득에 비해 더 많은 돈을 낸다는 조사 결과가 있다. 어려운 사람이 어려운 사람의 사정을 더 잘 알기 때문일 것이다.

베푸는 사람은 행복해진다. 내 친지 중에 그런 분이 있다. 50대의 여성 동시통역사이자 좋은 크리스천인 L씨는 벌서 여러 해째 사랑의 마라톤을 달리고 있다. 재작년 그는 마라톤 풀코스 완주를 내걸고 평소 자기가 돕고 있는 에티오피아의 가난한 소년을 돕는 후원금을 내달라고 친지들에게 호소했다. 소년을 도울

을 돕는 후원금을 내달라고 친지들에게 호소했다. 소년을 도울 수 있다는 기쁜 마음으로 달린 그는 생애 최초로 마라톤 풀코스를 5시간 12분에 힘들게 완주할 수 있었다. 그렇게 해서 모은 돈 680만 원은 에티오피아의 소년과 그 소년이 사는 마을 학교에 보내졌고, 후원을 했던 친지들은 다음과 같은 편지를 받았다.

"작년 이맘 때 제가 호놀룰루에서 풀코스 마라톤을 생전 처음으로 뛰고, 여러분들은 에티오피아에 사는 레마 타미라트와 그가 다니는 학교를 적극 지원해 주셨지요. 레마네 집은 새 지붕을 얹어서 비도 새지 않고 가축도 몇 마리 생겨서, 바느질로 어렵게 생계를 이어가던 두 식구가 함께 활짝 웃는 모습을 사진으로 보냈네요. 학교에서 흙먼지 바닥에 그냥 앉아 공부하던 165명 학생들에게 책상 걸상이 생겨서 학습 환경이 훨씬 나아졌다는 감사 편지를 사진과 함께 받았습니다."

작년에 다시 사랑의 마라톤 모금에 나선 그는 600만 원을 또 모아서 태백시 폐광촌의 어려운 가정 아이들을 위한 공부방 짓는 기금에 내놓았다. 풀코스 완주 기록도 4시간대로 단축되었다. 그의 모습은 늘 원기왕성하고 행복해 보인다. 그는 올 연말에 세 번째 사랑의 마라톤을 신기록으로 주파하기 위해 요즘 맹렬한 연습을 하고 있다.

영국에서는 진정한 중산층으로 인정받는 조건으로 세 가지를 꼽는다는 이야기를 들었다. 우선 외국어 하나쯤은 할 수 있고, 악기 한 가지 정도를 다룰 줄 알고, 반드시 기부를 일상적으로 하고 있어야 한다는 것이다. 은행의 잔고와 자동차의 배기량과 아파트의 면적이 중산층의 조건이 아닌 것이다. 다른 세계, 다른 문화, 다른 사람에 대한 이해와 사랑이 있고, 베풀 줄 알아야 진정한 중산층이 된다는 뜻일 것이다.

우리 세대는 아마도 우리 역사상 최대의 부를 축적하고 물려주는 세대가 될 것이다. 우리 선대들은 식민통치와 전쟁을 겪으면서 부를 축적할 겨를은 없었지만 우리 세대에게 교육을 베풀었다. 우리 세대는 개발과 성장의 연대를 지나면서 고생은 했지만 역사상 처음으로 많은 재산을 형성한 세대이다. 그 부가 이제 다음 한 세대 동안 대물림을 하게 된다. 보통은 부의 대물림과 베풂이 피붙이에 한정된다. 그러나 그런 한계를 넘어설 수 있다면 나눔의 기쁨은 그 깊이와 크기가 확연히 달라질 것이다.

(2005. 11.)

세상을 사랑하는 카메라

평생 교직에 있다 퇴직한 친척 한 분에게 디지털 카메라 한 대를 택배로 보냈다. 고희를 넘긴 그 분의 은퇴생활이 시간이 갈수록 소극적이고 내향적으로 변해 가는 듯해서 무언가 좀 도움이 될 일을 생각하다가 카메라를 선물하기로 한 것이다. 카메라를 매개 삼아 세상과 좀 더 적극적으로 교류를 해 보시고, 친지들과 인터넷 교류도 늘려 보시라는 뜻에서였다.

며칠 후 물건을 고맙게 잘 받았다는 전화를 받았다. 그 분은 좋은 선물을 그냥 받아도 좋으냐고 물었다. 나는 그냥 받으시되 대신 숙제를 하나 내드리겠다면서 디지털 카메라 쓰는 법을 잘 익혀서 좋은 사진을 찍어 이메일로 보내 달라고 했다.

사회 일선에서 물러나는 분들에게 나는 노후의 취미생활로 사진에 입문할 것을 적극 권하고 있다. 요즘 은퇴하는 분들 중 재정적으로는 노후 준비가 되어 있더라도 제2의 인생을 활기있게 사는 법까지 준비한 분은 그리 많지 않은 것 같다. 평생 가족과 사회를 위해서 살면서 자기를 위해서 시간과 돈을 쓸 줄 모르고 살아왔기에 갑자기 남아도는 시간을 어떻게 써야 할지 몰라 당황해 하는 분들이 많다. 당혹은 점차 좌절과 소외감으로 바뀌고 심하면 조울증 증세를 드러내기도 한다. 내가 이런 분들에게 사진을 권하는 것은 카메라가 자연과 교감하고 사람과 소통하는 유용한 매개물이라 믿기 때문이다. 쓰기에 따라서 카메라는 세상을 사랑하는 도구가 될 수 있다.

카메라를 들고 다니다 보면 "관심이 있어야 보인다"는 말을 실감하게 된다. 우리의 일상적인 환경은 눈에 익숙해졌기 때문에 무심히 넘기는 정경으로 채워져 있다. 무언가 아름다운 것, 의미가 있는 것을 카메라에 담겠다는 생각을 가지고 보면 모든 것이 새롭게 보일 수 있다. 가족과 친지의 모습도, 자연의 풍광도, 꽃 한 송이 나무 한 그루도 예사롭게 보이지 않는다. 아침 빛과 저녁 빛이 다르고, 가을 햇빛이 여름 햇빛과는 판이하다는 것도 실감하게 된다. 관심을 갖고 보면 자연과 세상은 숨겼던 모습의 일부를 보여 준다. 관심과 애정이 없는 사람들에게 세상은 너무 평범하고 시들할 뿐이다.

몇 년 전 친구들과 프랑스 남부 프로방스 지방을 여행한 적이 있다. 예스러운 여러 도시와 마을을 구경하면서 나는 개성 있게 꾸며놓은 창문에 마음이 끌렸다. 여행 중 내내 나는 아름다운 창문사진을 집중적으로 촬영했다. 그해 연말 나는 창문사진 중에서 잘 된 것들만 골라서 탁상 캘린더를 만들어 친지들에게 나누어 주었다. 캘린더를 받아 본 친구들은 어떻게 창문만 보고 다녔느냐고 물었다. 함께 여행했던 친구들도 "내 눈에는 창문이 안보였는데……."라고 말했다. 카메라가 없었다면 관심의 대상도 달라졌을 것이고 내 눈에도 창문이 보이지 않았을지 모른다.

카메라에 입문한 사람들은 시각적인 기쁨을 찾아 집 밖으로 자주 나서게 된다. 적극적으로 피사체를 찾아 밖으로 나가는 단계가 되면 취미생활로서 사진찍기는 성공 단계에 들어간 것이다. 풍경과 들꽃을 찾아서 산과 들로 나가고, 사람 사는 모습을 찾아 마을과 시장거리를 찾아 나서면 이미 좋은 의미의 중독상태에 빠진 것이다. 권태로운 일상에서 벗어나 무엇엔가 푹 빠져 지낸다는 것은 얼마나 좋은 일인가. 적극적으로 사람과 자연을 만나는 것은 축복의 제2 인생을 여는 일이다.

실제로 많은 분들이 은퇴 후에 사진을 배우면서 새로운 세상을 만나고 있다. 문화공보부장관을 지냈던 윤주영 선생은 은퇴 후 본격적으로 사진을 찍으면서 전 세계를 여행했다. 그 분은 한국과 일본에서 여러 차례 전시회를 했고, 사진집도 여러 권 냈다. 휴머니즘의 향기가 그윽한 그 분의 사진 세계는 누구도 따라갈 수 없는 경지에 도달했다는 평이다.

사진은 마음의 병을 고치는 데도 특효가 있다. 내가 아는 K 선생은 50대 한창 나이에 다니던 은행에서 반강제로 명예퇴직을 했다. 억울하게 물러났다는 생각 때문에 울화병으로 거의 반년 동안 잠도 제대로 못 이루면서 속앓이를 하던 그는 야생화 사진에 입문하면서 새 삶을 찾았다. 사계절 전국을 돌아다니며 들꽃에 빠져 지내는 동안 세상은 다니던 은행보다 훨씬 넓고 아름답다는 것을 알게 되었다. 그는 마음과 몸의 병을 모두 고치고 지금은 제2의 인생을 즐겁게 살고 있다.

요즘 디지털 카메라는 값도 많이 싸진 데다 무엇보다도 현상과 인화를 해야 하는 번거로움이 없어서 좋다. 더욱이 조작도 아주 간단해져서 초보도 쉽게 접근할 수 있다. 그러나 나이가 든 분들 중에는 기계 종류나 컴퓨터와는 좀처럼 친하게 지내지 못하는 사람들이 많이 있다. 이른바 기계치와 컴맹들이다. 스스로를 기계치, 컴맹이라고 부르는 사람들 중 다수는 그것을 은근히 자랑으로 생각하는 경향도 없지 않다. 그런 사람들일수록 기계치와 컴맹의 벽 밖으로 나가는 것을 완강히 거부한다.

그러나 컴퓨터와 디지털 기기를 익히고 사용하는 것은 세상과 호흡을 같이 하고 살기 위해서는 필수적인 일이다. 아들과 손자 세대와 교류와 대화를 하려면 싫더라도 새로운 IT기술과 디지털 기술을 열심히 배우고 따라가야 한다. 굼뜬 손길이지만 디지털 카메라로 사진을 찍고 컴퓨터에 옮겨서 저장하고, 프로그램으로 사진을 수정도 하고, 웹사이트에 올리거나 이메일로 다른 사람에게 보내는 일을 할 수 있으면 새로 나오는 기술 변화도 쉽게 익히고 사용할 수 있다.

나는 이런 기대감을 갖고 카메라를 드린 분에게 좋은 사진을 찍어서 이메일로 보내달라는 숙제를 냈던 것인데 한참을 기다려도 사진이 오지 않았다. 나는 몇 차례 전화를 걸어서 은근히 재촉을 했다. 나이든 분들은 등을 떠밀지 않으면 새것을 배우려 하지 않는다.

상당한 기간이 지나 그 분이 찍은 여러 장의 사진이 이메일로 배달되었다. 그 지방의 유명한 사찰과 가을 들판 풍경을 담은 사진과 귀여운 손자들의 사진이었다. 물가까지 몰고 간 말이 물을 먹도록 하는 데 일단 성공한 셈이다.

(2007. 11.)

소유한다는 것

나에게 좀 별난 취미가 하나 있다. 남들이 쓰던 물건들을 파는 고물시장과 벼룩시장, 그리고 헌 책방을 찬찬히 구경하는 일이다. 가끔 나는 청학동과 장안평의 고물시장을 구경하러 간다. 그곳에는 우리의 정다운 과거가 있다. 기억 속에 매몰되어 까맣게 잊어버린 것들을 회상시켜 주는 물건들이 나와 있다. 일종의 생활사박물관인 셈이다.

그곳의 모든 물건들은 지체 높은 박물관의 물건과는 다르다. 대단한 물건도 잘난 물건도 별로 없다. 주인으로부터 용도 폐기를 당하여 버림받은 물건도 많다. 그러나 낡은 알미늄 도시락통 하나에도, 어느 초등학교 교실에서 나온 헌 의자 하나에도 그것이 탄생하고 쓰이던 시대의 이야기가 담겨 있다. 나는 그런 물건들이 상기시켜 주는 이야기에 끌려 그곳엘 가는 것이다.

이야기가 많이 담긴 물건도 있고 할 이야기가 별로 없는 물건도 있다. 청학동에는 고물이지만 아직은 조금 남아 있는 쓸모 때문에 팔리는 가전제품 따위가 많다. 장안평에는 원형을 망가뜨릴 정도로 손질을 한 고가구나 모조품에 가까운 수상쩍은 물건들이 많다. 둘 다 별로 매력이 없다. 담고 있는 이야기가 별로 없기 때문이다. 손으로 만든 물건이라야 할 이야기가 많다. 손질하고 다듬어서 내놓은 것보다는 있는 그대로의 물건, 그 주인의 체취가 그대로 묻어 있는 물건이 더 끌린다. 그러나 요즘 이런 물건들이 별로 없는 것이 늘 아쉽다. 우리의 선대들이 어렵게 살았기 때문에 보존가치가 있는 물건을 별로 만들지 않았기 때문일지도 모른다.

실제로 인사동은 거래할 고미술품이 바닥이 나서 빈사 상태라고 들었다. 우리 선대들이 재능과 미의식을 담아 만든 주요 유물들의 정수는 대체로 지필묵으로 이루어진 것인데 종이는 세월의 시련에 가장 취약하다. 흙으로 빚었던, 바늘과 실로 엮었던, 또는 돌에 새겼던 웬만한 수준의 물건은 모두 꼭꼭 숨어버려서 구경을 할 수가 없게 되었다.

인사동의 그 빈자리를 외국산 잡동사니 가게가 비집고 들어오고 있다. 나름대로 재미있는 물건도 많았다. 언젠가는 '토토의 오래된 물건들'이란 간판이 붙은 가게에 들어가 한참 동안 정신없이 구경하였다. 그 가게는 세계 각국에서 온 민예품과 고물들을 팔고 있었다.

모든 물건들이 나름의 이야기를 갖고 있다면 그것은 사람들이 붙여준 이야기다. 사람들은 물건을 통해서 자기를 표현한다. 물

건은 자기 현시의 수단이며 그런 의미에서 자기를 표현하는 제3
의 언어이다. 사무실이나 거실에 늘어놓은 물건이나 벽에 걸린
그림은 옷이나 장신구에 못지 않게 그 주인의 자기표현이라 할
수 있다.

일반적으로 서양인들은 동양인들보다 물건을 통한 자기 표현
의지가 더 왕성한 것 같다. 그들의 생활공간은 남에게 보여 주고
싶은 물건들의 전시장소다. 100년 전 런던에 공부를 하러 간 한
일본 화가는 "그들의 거실은 마치 상점처럼 모든 물건들을 꺼내
서 늘어놓고 있다"고 문화적인 충격을 실토했다. 귀중한 물건일
수록 오동나무 상자와 비단 보자기로 여러 겹 싸서 은밀한 데다
숨겨 보관하는 일본인들이 일반적인 풍습과는 너무도 달랐던 것
이 그에게는 놀라웠을지 모른다.

그래서인지 유럽의 벼룩시장에는 자기표현이 강한 물건들이
많이 나온다. 지난여름 파리에 갔을 때 그곳의 풍성한 고물시장
을 구경하면서 그런 생각이 더욱 깊어졌다. 산업혁명과 식민지
경영으로 많은 부를 축적한 나라들의 생활 유물들은 사치스럽고
다양했다. 유복한 시민계급의 생활공간을 장식했을 다채로운 물
건들에 취하여 나는 더위도 잊고 한나절을 그곳에서 보냈다.

유럽인들의 생활사를 읽으려면 벼룩시장엘 가면 된다. 80년대
직업상 독일에서 4년간 살 기회가 있었다. 그 때 나는 벼룩시장
이 열리면 만사 제쳐 놓고 구경을 가곤 했다.

주말에 공원이나 창고, 또는 학교 운동장에서 판을 벌이는 그

곳의 벼룩시장에는 독일인들의 생활을 엿볼 수 있는 온갖 물건들
이 나왔다. 벼룩시장을 전업으로 하는 상인들은 옛 가구와 벽장
식품, 도자기와 은제품, 그림과 고서, 카페트와 의류 등을 차에
싣고 와서 노점을 벌인다. 독일뿐 아니라 이웃 벨기에와 네덜란
드의 상인도 온다. 좀 괜찮다 싶은 물건은 가격도 만만치 않다.

이보다 한 단계 낮은 상인들은 좀 시원찮은 물건들을 다룬다.
축음기와 고물 라디오, 자동차 부품과 군용품들, 레코드와 테이
프, 장신구와 장난감, 그리고 어디서 훔쳐 온 듯한 거리 표지판
에 이르기까지 생활 주변에 보이는 물건들을 판다.

밥벌이가 아니라 용돈을 마련하려는 아마추어들도 적지 않다.
쓸모가 없어진 가재도구와 잡동사니들을 들고 나온 어른도 있
고, 헌 장난감과 동화책을 들고 나온 어린이들도 있다.

날씨가 좋은 날 라인강을 끼고 있는 공원에서 수 킬로 길이로
이어진 벼룩시장을 찬찬히 살피는 즐거움은 독일 생활 중 가장
인상에 남는 일 중의 하나이다. 거기에서 나는 유럽의 생활사를
읽는 것이다. 중동과 동남아시아를 비롯하여 세계 곳곳의 민속
공예품도 보였다. 혹시나 우리나라 물건이 나오지 않았나 주의
깊게 살펴 보았지만 그런 행운을 만나지는 못했다.

옛 물건들을 찬찬히 살펴보면 그들이 어떻게 무엇을 하고 살았
는지 머리속에 생생한 그림이 떠오른다. 거기에는 삶의 애환의 흔
적이 남아 있다. 온 가족이 둘러앉아 축제음식을 들었을 때 켰던
촛대, 침실과 서재를 밝히던 램프, 수다와 가십과 흥정이 오가는

것을 지켜보았을 낡은 찻잔들, 여인들에게 기쁨을 주었을 온갖 장신구들이 있다. 그들의 인상과 필적을 담은 타게로이드 사진과 그림엽서들도 있다. 앨범과 일기장도 나왔다. 어떤 것들은 소설 속에서 묘사한 물건 같기도 하고, 어떤 것은 옛 영화의 어느 장면에 나타난 소품 같기도 하다. 그 물건들을 만들었던 장인들의 애환, 그것을 사고팔았던 상인들, 이 물건들을 갖고 싶어 안달하다가 마침내 손에 넣었던 사람들의 기쁨과 자랑을 생각게 한다.

이런 센티멘털리즘에 빠져 시장을 한바퀴 돌고 나올 때마다 나는 가끔 무엇을 갖는다는 것이 참으로 허망하다는 생각에 빠지곤 한다. 소유에 대한 욕구는 늘 무한하지만 막상 소유가 주는 기쁨은 지극히 유한하다. 인간은 변덕스럽고 시간은 더욱 변덕을 재촉한다. 이 물건들이 주인에게 준 기쁨과 자랑은 그리 길지는 않았을 것이다.

싫증난 물건, 버려진 물건, 주인을 잃은 물건들이 벼룩시장으로 나온다. 많은 물건들이 그 주인보다도 오래 산다. 사람들이 '소유' 했다고 생각하는 것이 실상은 잠시 동안의 '점유' 이자 '빌림' 에 지나지 않는 것이다.

무엇을 갖기를 열망하고, 그것을 소유하려고 집착한다는 것이 얼마나 덧없는 일인가. 그리고 가끔은 내가 갖고 있는 물건들이 너무 많지 않은가, 그것들의 장래는 어떻게 될 것인가를 생각해 본다.

(2003. 9.)

어부와 사업가

오래전에 들은 이야기 한 토막.

미국의 사업가가 코스타리카의 한적한 해변 마을에서 어떤 어부를 만났다. 어부의 조그만 어선에는 보기에도 탐스러운 참치 몇 마리가 실려 있었다. 미국인 사업가는 참치가 먹음직스럽다는 칭찬을 하고, 그것을 잡는 데 시간이 얼마나 걸렸는지 물었다. 어부가 대답한다.

"잠깐 동안에 잡았지요."

사업가는 왜 좀 더 오래 일해서 더 많은 고기를 잡지 않느냐고 물었다. 어부는 이만큼만 잡아도 가족들이 당장 먹고사는데 문제가 없다고 대답했다. 사업가가 묻는다.

"그러면 남는 시간에는 무얼 하시오?"

어부가 대답한다.

"아침 늦게까지 푹 자고, 고기를 조금 잡은 후 아이들하고 놀아 주고, 마누라하고 낮잠을 잔 후 저녁이면 마을에 가서 술 한

잔 걸치고 친구들과 기타를 칩니다. 이래 뵈도 하루 일과가 꽉
차 있고 바쁘답니다, 나으리."

한심하다는 듯이 사업가가 말한다.

"나는 사업을 하는 사람이고 당신을 도울 수 있소. 당신이 일
을 좀 더 오래 해서 고기를 더 잡으면 큰 배를 살 수 있을 것이
오. 은행에 적절한 계획을 제시하면 배를 여러 척 살 수 있는 자
본도 마련할 수 있어요. 장차 큰 선단을 갖게 되는 것이지요. 그
렇게 되면 잡은 고기를 직접 통조림 공장에 팔 수 있고, 원하면
통조림 공장을 직접 운영할 수도 있지요. 생산, 가공, 분배를 모
두 장악하는 겁니다. 그쯤 되면 이 시골에서 살 필요도 없어요.
로스앤젤레스나 뉴욕에 살면서도 기업을 운영할 수 있소."

어부가 물었다.

"나으리, 그렇게 하는 데 시간이 얼마나 걸리나요?"

사업가가 대답했다.

"줄잡아 15년에서 20년이면 될꺼요."

"그 다음에는 무얼 합니까, 나으리."

사업가가 웃으면서 대답했다.

"그 다음에 진짜 좋은 일이 벌어질 것이오. 적절한 때가 되면
당신의 기업을 상장하고 주식을 팔아 돈을 거두어들이는 겁니
다. 당신은 백만장자가 될 것이오."

"아, 백만장자라! 그런데 그 다음에는 무얼 합니까?"

"그 다음엔 은퇴를 해서 조그맣고 한적한 바닷가 마을로 이사

를 가는 겁니다. 거기서 매일 아침 늦게까지 자고 고기도 조금 잡고 애들과 놀아 주고 마누라와 낮잠도 자고 저녁이면 마을로 가서 술 한잔 걸치고 친구들과 기타를 치고 노는 것이지요."

멍청이와 똑똑이가 뒤바뀌는 이야기의 클라이맥스에 이르면 한 방 먹은 기분이 된다. 그리고 누구나 자신의 삶의 양식을 한 번 되짚어 생각하게 된다.

물론 이 현대판 우화는 맹목적인 성장에 집착하는 기업과 자본의 생리를 비꼰 것이다. 성장을 위해서는 끊임없이 몸 불리기를 하고, 비슷한 놈을 잡아먹기도 한다. 이런 생리를 가진 기업가는 우스개의 대상이 되었지만 가난한 어부는 자유 속에서 자족하고 높은 삶의 질을 누리고 있다. 게다가 환경친화적이다. 사회경제적인 성장통을 심하게 앓아 온 우리들 대부분은 어부에게 박수를 보낼 것이다.

청년실업이 심각한 요즘 나는 오래전에 들은 이 이야기를 다시 생각해 본다. 이야기의 해석도 달리해 보고 있다. 과연 그 사업가는 멍청한가?

내가 출강하는 대학에서 만나는 학생들은 누구나 장래 문제에 대해 중압감을 느끼고 있다. 선배들이 취직이 안 되고 그 어두운 그림자가 후배들에게도 드리우고 있다. 청년실업이 심각한 수준이라는 것은 누구나 다 알지만, 당사자들에게는 더욱 심각한 문제이다. 삶의 질도 중요하지만 생존권이 더 중요하지 않겠는가?

삶의 질이란 일자리를 얻어 열심히 일하고 자아를 실현할 수 있게 된 다음에 와야 할 문제이다.

성장의 부작용은 싫지만 일자리를 위해서는 성장이 필요하다는 모순이 있다. 다시 말해 우리는 바보짓을 하는 사업가들이 많이 필요하다. 그들이 기업을 일으키고 경쟁하고 성장을 추구해야 경제가 불붙고 일자리도 생긴다.

사람들은 심정적으로는 코스타리카의 어부에 동조하겠지만 누구나 원한다고 그런 목가적인 환경에서 천혜를 누리고 살 수는 없는 것이 현실이다. 그리고 막상 지나가는 아무나 붙잡고 그 어부처럼 살아보겠느냐고 물으면 대부분은 고개를 가로 저을 것이다.

목가적인 환경에서 성장을 거부한 채 살아가는 것은 노인들의 몫은 될 수 있을지언정 젊은이들이 택할 길은 못 된다. 우리에게 성장은 선택의 문제가 아니라 필수적 과제이다.

문제는 모두가 어부에게만 박수를 보내고 사업가에는 박수를 보내기 않는 사회분위기이다. 그 원인의 상당 부분은 기업과 기업인에게 있음을 부인하지는 않는다. 그렇다 치더라도 요즘 우리 기업인들의 주변 환경은 너무 가혹하다. 정치인은 기업에 압력을 넣어 거액의 정치자금을 뜯어내고, 정부와 공무원은 이런저런 규제로 기업의 발목을 잡고, 돈을 뜯어가는 사례가 비일비재하다. 노조와 시민단체의 요구는 많고 언성은 높고 거칠다.

견디다 못한 기업들은 해외로 자본과 일자리를 빼내 옮겨 간다. 많은 건실한 기업인이 골치 아픈 제조업을 버리고 손쉽게 돈을 버는 서비스 업종으로 돌아서고 있다. 폐업을 하고 처분한 돈으로 부동산 투자를 하면서 어부처럼 살려고 하는 사람도 늘어나고 있다. 또 돈을 잘 버는 첨단기업은 일자리를 더 늘리지 않는다. 이른바 '인간이 없는 이익'이 실현되고 있다. 과연 누가 우리 젊은이들을 위해 일자리를 만들 것인가?

얼마 전 볼 일이 있어서 열흘 간 인도에 갔었다. 영혼의 나라라는 인도가 엄청난 물질적 성장의 욕구에 젖어 있는 모습을 보고 내심 놀랐다. 무언가 이루려 하고 가지려 하는 사회적인 열기가 드높았다. 인도는 그것을 성취할 만한 인적 물적 자원도 갖춘 나라이다. 그들의 하이테크와 정보산업 수준은 세계 정상급에 있다. 중국에 이어 인도가 뜨는 시대가 온다는 것은 세계의 경제학자들이 입을 모아 하는 이야기다. 2023년까지는 세계 경제 3위 자리를 놓고 일본과 격돌을 할 것이라고 한다.

인천공항에 도착해서 집으로 돌아오는 길에 강안 양쪽으로 숲처럼 들어선 아파트들을 보면서 인도를 생각해 본다. 보통의 인도인들이 생각할 수 없는 삶이 그 숲 속에서 이루어지고 있다. 생각하면 그런 성취가 대견하기도 하다. 그러나 걱정도 된다. 그 아파트의 숲은 욕망과 기대치의 숲이다. 그 숲 속에는 코스타리카의 어부나 인도의 보통 사람 수준으로 살기를 원하는 사람이 별로 없을 것이다. 모두가 내일은 오늘보다 낫기를 기대하고, 또

나을 것이라고 믿고 있다. 죽순처럼 솟아오르는 그 욕망과 기대
치를 어떻게 충족시킬 것인가?

　대답은 오직 하나다.

　"밉더라도 황금알을 낳는 거위는 잡지 말자."

(2004. 1.)

아낌없이 주는 나무

　겨울을 앞두고 벽난로에 지필 땔감 걱정을 하다가 좀 호기를
부려서 사과나무 장작을 한 트럭 샀다. 장작을 돈 주고 사 보기
는 평생 처음 있는 일이다.

　사과나무 장작을 고른 이유는 지난 늦가을 동학 S교수가 은퇴
를 위해 시골에 마련한 집에 놀러 갔다가 벽난로에 지핀 사과나
무 장작불을 보고 그 불꽃에 반했기 때문이다. 벽난로 연료로는
사과나무가 특별 대접을 받고 있는 것을 모르고 있었는데 그 댁
에서 한 수 배운 것이다. 그래서 이왕 땔감을 사야 하면 나도 사
과나무 장작을 사야겠다고 작정하고, 소개를 받아 안동의 어느
과수원에 쌓여 있던 것을 1톤짜리 용달차에 한 트럭 실어 왔다.

　그 사과나무 장작은 수령이 오래되어 수종 갱신을 하면서 베어
낸 것인데 주인의 말로는 호사를 좋아하는 서울 사람들이 사가
기 때문에 심심치 않게 과수농가의 부수입이 된다고 했다. 본의
는 아니지만 나도 이제 그런 호사가의 대열에 끼어든 것이다.

5년 전 지금 살고 있는 시골집을 지으면서 나는 벽난로를 하나 놓았다. 서울에서는 꿈도 꿀 수 없는 사치다. 그동안 집터를 닦 느라 잘려 나간 느티나무, 은행나무, 감나무, 뽕나무, 밤나무, 목 련 등을 토막 내어 장작으로 썼다. 집을 짓다 남은 목재도 땔감 으로 썼다. 미송, 적삼목 자투리 나무였다.

이런 나무를 때면서 나무는 살아서도 각기 개성이 있지만 탈 때도 마찬가지로 개성이 있다는 것을 알게 되었다. 무거운 나무 와 가벼운 나무는 타는 속도와 불의 온도가 판이하고, 불꽃의 모 습과 열량도 달랐다. 불이 붙는 속도도 달랐다.

무거운 나무에 속하는 느티나무, 감나무는 불길도 세고 오래 탔다. 불꽃이 꺼지고 숯이 되어서도 고열이 나고 쉽게 사그라지 지 않는다. 살아서도 사랑받는 나무이지만 죽어서 땔감으로도 사랑 받는 나무들이다. 그러나 고귀한 나무를 늘 연료로 쓴다는 것은 생각할 수 없는 일이다.

밤나무는 굳이 분류하자면 무거운 나무 축에 속하지만 불붙이 기가 매우 어렵고, 같이 타 주는 나무가 없으면 불이 쉬이 꺼진 다. 어렸을 때 밤나무 타는 냄새를 많이 맡으면 까무러친다는 어 른들의 말이 생각이 난다. 밤나무 장작에서는 일산화 탄소가 많 이 나오는 모양이다. 잘 안 타고 잘 안 썩는 밤나무는 그래서 철 도의 침목으로 많이 쓰인다고 한다.

가벼운 나무는 불길도 약하고 불길이 오래가지도 않는다. 은행 나무는 특히 불붙이기도 어렵고 불길도 시원치 않다. 은행나무는 이런 특성 때문에 고생대부터 지금까지 오랜 세월 동안 불의 시련을 이기고 살아남았는지 모른다. 은행나무는 식물의 진화 과정에서 가장 오래된 나무, 그래서 '화석나무'라고 부르지 않는가. 목련이나 뽕나무도 목질이 매말라서 불이 잘 안 붙고 화력도 시원치 않다. 이런 나무를 벽난로에 지피려면 손이 많이 간다.

그러나 사과나무는 달랐다. 불이 잘 붙고 불길이 강하지는 않지만 오래 탄다. 일단 불이 붙으면 잘 꺼지지도 않는다. 초저녁에 직경 20센티 안팎의 통나무 토막 몇 개만 준비하면 새벽까지 땔 수 있다. 무엇보다도 파르스름한 불꽃이 매혹적이고, 그 연기에서 나는 연향(煙香)도 달콤하고 구수하다. 아주 좋은 훈제음식에서 나는 냄새이다. 사과나무 장작불을 들여다보며 나는 '아낌없이 주는 나무'라는 동화를 생각한다. 살아 있을 때 인간에게 아름다운 꽃과 맛있는 열매를 주는 나무, 더울 때 그늘과 쉴 터를 주는 나무, 잎을 떨어 뜨려 땅을 기름지게 하는 나무, 그리고 죽어서는 따듯한 열과 아름다운 불꽃과 향기를 주는 나무.

그리고 사람 중에도 사과나무와 같은 사람이 있다는데 생각이 미친다. 살아 있을 때나 죽어서나 모든 것을 아낌없이 베풀고 가는 사람이 있다. 물론 대부분의 사람은 죽을 때까지 베품과 보시의 깨우침을 얻지 못하고 간다.

이런 생각을 하면서, 그렇다면 당신은 어떤 부류에 드느냐고 자문해 본다. 많이 부끄러워진다.

(2003. 11.)

얼굴

제인 구달(Jane Goodall)—.

처녀 시절 6개월 예정으로 중앙 아프리카의 곰베라는 이름의 숲으로 침판지를 관찰하러 갔다가 내쳐 40년을 그곳에 머물며 침판지를 연구한 영국의 여성 동물학자다.

영장류인 침판지가 도구를 사용한다는 것, 다정하고 사랑스러운 동물이면서도 때로는 살육을 저지르고 육식을 한다는 것, 집단으로 전쟁을 일으켜 3년간이나 싸운 끝에 마침내 상대편을 전멸시킨 예도 있다는 것 등 침판지의 행태에 관한 많은 놀라운 사실을 처음 밝혀낸 사람이 바로 그였다.

그는 연구업적과 저서를 통하여, 그리고 수많은 다큐멘터리 필름과 사진을 통하여 대중 스타 못지않게 유명한 여성이 되었다. 원시의 숲에서 40년을 보내면서 쌓은 깊은 탐구를 통하여 그는 동물학자의 울타리를 넘어 인류의 보편적인 문제에 대하여 독자적인 비전을 갖게 되었다. 오늘날 그는 생명과 삶의 의미를 전파

하는 전도사로서 아름다운 노년을 보내고 있다.

텔리비전의 '내셔날 지오그래픽' 채널에서 그의 일대기를 보면서 나는 무언가 말로 형용할 수 없는 깊은 인상을 받았다. 곰곰이 생각해 보니 감동의 원천은 그의 얼굴 표정이었다. 늙은 백인 여성의 얼굴로 저토록 편안하고 평화스러운 얼굴을 본 적이 없는 것 같다. 탈속(脫俗)한 맑고 투명한 얼굴이다. 욕심도 없고 마음에 맺힌 것도 없는 표정이다. 그러나 정보나 지식이 아닌, 그보다 차원이 높은 예지를 은은히 풍기는 얼굴이다. 어떻게 살았기에 노년의 표정이 저리 맑을까?

구달도 그런 질문을 받았던 모양이다. "숲속에 살면서 숲의 평화를 배우고, 불멸과 영적인 힘에 대한 믿음을 갖게 되었다"는 것이 그의 대답이다. 가위 종교인의 경지로 들어선 것이다. 이런 생각에 이르고 보니, 역시 종교인들 중에 편안한 얼굴을 가진 분들이 많다.

김수환 추기경의 얼굴이 떠오른다. 그 분의 얼굴은 편안하다. 유난히 긴 인중은 어질어 보이고, 약간 입을 벌인 듯한 입술 표정이 사람들의 긴장을 편안하게 풀어 준다. 고통스런 최근세사에서 늘 정신적인 지도자로서 지혜와 용기의 말씀을 전해 온 분인데, 그 얼굴에는 고뇌의 자취는 없다.

그분의 독특한 입 표정은 일제 말기 학병에 끌려갔을 때 포악한 일본인 상급자로부터 잘못을 저지른 조선인 동료 병사의 이름을 대라면서 모질게 안면을 구타당해서 그렇게 되었다는 것이다.

그 분은 끝내 동료의 이름을 대지 않았고, 그 때문에 조선인 동료
들로부터 두고두고 존경을 받았다고 한다. 김 추기경과 동향동학
이며, 박정희 대통령 시절 경제부총리를 지낸 김학렬 씨의 오래
전 회고담이다.

은퇴 후 더 존경을 받게된 카터 미국 대통령의 얼굴도 편안한
얼굴이다. 재임 중 카터는 현실을 바로 보지 못하는 이상주의자
로 낙제점을 받았던 대통령이다. 그러나 은퇴 후의 카터는 미국
대통령이라는 틀에서 자유로워졌고, 조지아의 땅콩농장 농부 출
신답게, 독실한 침례교도답게 성실하게 자신의 믿음을 실천하면
서 살았다. 그 표정은 이러한 삶의 흔적일 것이다.

달라이 라마의 얼굴도 편안한 얼굴이다. 온유하고 화애가 흘러
넘치는 그 얼굴의 주인이 외교적인 이유 때문에 우리나라에 오
지 못한 것은 참으로 유감스런 일이다.

언젠가 인도와 동남아 문화에 심취한 동학 P군과 서점에 잠시
들린 적이 있었다. 그가 책 한 권을 뽑아 내게 보여 주며 하던 말
이 기억난다.

"자네 이 사람 얼굴을 한번 자세히 보게. 참으로 편안한 얼굴
이 아닌가".

책 표지에 실린 그 얼굴은 한 순간에 나에게 깊은 인상을 주었
다. 그 이름을 알고 싶어 P군에게 물어보았더니 1930년대부터
세계에 알려진 인도의 큰 스승인 스리 라마나 마하라쉬였다. 어
질게 늙은 촌로(村老)의 표정이면서 신비와 예지를 담은 얼굴이

었다.

나는 그 분의 책을 읽어 보지 못했는데, P군의 말로는 인도가 대영제국에 속했던 시절, 영국의 인도문화 전문 저널리스트가 인도 전국의 스승들을 모두 인터뷰를 해 본 후 최고의 스승으로 평가했던 분이라고 한다. 그는 지어서 무엇을 하려 하지 않고 자연스럽게 가르침을 주었던 스승이었다고 한다. 강단을 치고 목청을 높이는 타입이 아니라 무위(無爲)의 메시지를 전하는 달인이었다는 것이다.

두 손바닥으로 가리고도 남는 사람의 얼굴에는 많은 메시지가 담겨 있다. 그 메시지는 일자무식의 사람들도 단박에 읽어 낼 수 있는 보편적인 기호로 되어 있다. 오랜 세월, 표정들이 쌓이다 보면 나이가 든 후 그 사람만이 가질 수 있는 표정이 만들어진다. 그런 뜻에서 알베르 카뮈는 "어떤 나이에 도달하면, 사람들은 자기의 얼굴에 책임을 져야 한다"고 말했다.

편안한 얼굴은 갈등의 흔적이 없는 얼굴이다. 말과 행동, 믿음과 실천이 일치가 된 전인격적인 사람들에게서 자주 볼 수 있는 얼굴이다. 그렇기에 오히려 배운 것도 없는 농부와 보통 사람들에게서 이런 얼굴을 가끔 볼 수도 있다.

가끔 거울 앞에서 알베르 카뮈의 말을 생각하며 내 표정을 살핀다. 그리고 예순을 바라보는 이 나이에 이르도록 아직 편안함과는 너무 거리가 먼, 늘 쓸데없는 긴장을 남에게 주는 표정이라 부끄러워진다.

예순 고개에 이르도록 못 만든 편안한 표정을 앞으로 남은 세월에 만들기를 기대할 수는 없을 것이다. 그러나 최소한 손자들에게는 편안한 얼굴을 가진 할아버지가 되도록 성심껏 노력을 해야겠다고 다짐한다.

(2003. 5.)

"바보야, 문제는 인구학이야!"

우리나라의 출산율이 1.19명으로 세계에서 꼴찌라는 것은 놀라운 일이다. 출산율이 떨어지는 속도가 세계에서 가장 빠르다는 것은 더욱 놀랍다. 적령이 되어도 결혼을 안 하고, 결혼을 해도 아이를 안 낳는 풍조를 익히 보아 왔기에 우리에게 인구문제가 있다는 것은 누구나 아는 일이었다. 그러나 출산율이 낮아 고민하는 유럽의 여러 나라를 제치고 우리가 꼴찌를 할 줄이야.

작년에 이런 발표가 있은 후 언론에서 한바탕 소동을 벌였지만 지금은 잠잠하다. 중요한 문제가 나오면 잠시 반짝했다가 시간이 가면 그냥 잊어버리는 것이 우리네 습성이다. 정치가들은 투표에 화끈하게 영향을 미치면서 회임기간이 짧은 단발 정책을 좋아하는지라 눈에 보이는 업적도 될 수 없는 이 문제를 그다지 다루고 싶어 하지 않을지 모른다. 그러나 이 문제는 우리 사회와 이 시대 젊은이들이 안고 있는 모든 병리와 아픔이 집약된 문제일 뿐더러 나라의 장래가 걸린 매우 중요한 문제다.

왜 이 지경이 되었을까? 사람들은 청년실업의 증가, 제도교육 기간의 장기화, 여성의 사회진출 증대, 과다한 자녀양육비와 사교육비 부담, 남녀간의 불평등한 가사 분담, 그리고 결혼의 멍에를 벗어 던지고 편하게 한세상 살거나 30이 넘게 자유를 즐기다 맞춤아기 하나만 낳아 기르자는 개인주의적 가치관 등을 원인으로 꼽는다. 가치관과 문화적 요인으로 가족을 회피하는 층과 가족을 원해도 경제력이 달려서 실현 못하는 계층이 공존하는 것이다. 새로운 라이프스타일을 추구하여 결혼을 마다하거나 한 자녀 갖기를 고집하는 웰빙족을 회유할 방안은 별로 없다. 독재정부도 할 수 없는 일이다. 그러나 경제적 요인으로 가정을 이루지 못하는 젊은이들은 정부와 사회가 일자리를 만들어 도와 주어야 한다. 어쨌든 우리 젊은이들이 세금을 더 많이 낼 수 있고 미래의 일꾼들을 낳아서 키워야 노령화하는 우리 사회의 각종 복지제도가 억지로라도 굴러갈 것이다.

정부와 사회가 함께 노력하면 출산율을 높일 수 있다는 것을 프랑스와 스웨덴이 실례로 보여 주고 있다. 대표적 저출산국으로 꼽히던 두 나라의 출산율은 현재 1.9명과 1.75명으로 아직도 마이너스 성장 수준이지만 전보다 현저히 높아졌다.

토인비는 문명은 살해당하는 것이 아니라 자살하는 것이라고 했다. 슈펭글러는 교육 수준이 높은 층이 자녀를 가질 것이냐 아니냐를 저울질하는 단계가 되면 그 문명은 이미 쇠퇴로 가는 전환점에 도달한 것이라고 했다. 문명의 성쇠 순환에 대한 학설로 유명한 두 사학자의 통찰은 주로 그리스와 로마의 흥륭과 몰락에 대한 관찰에서 나왔을 것이다. 인구증가율이 완만한 그리스는 인구증가가 빠른 로마를 정벌하러 나갔다가 수적으로 압도당하여 오히려 로마의 식민지로 전락했다. 그리스의 시민계층이 자식 낳기를 소홀히 한 탓이다. 로마도 대제국을 건설하여 풍요를 누리게 되자 지도층은 자녀 생산을 게을리 하여 그리스의 전철을 밟았다. 두 문명은 모두 그 절정기에 안락한 현세적 삶을 즐기고 자아를 실현하기 위해서는 자녀를 갖는 것이 도움이 안 된다는 가치관의 지배를 받았다. 앞날을 내다보는 그리스와 로마의 지도자들은 시민들에게 자녀를 생산하여 시민의 의무를 다하라는 호소를 했지만 대세를 돌리는 데 실패했다.

인구는 힘의 원천이다. 그래서 인구조사를 한때 국세조사라고 표현하기도 했다. 중세와 근세 초기 유럽은 오스만제국에 인구로 압도당했다. 오스만제국이 20만 병력을 동원할 수 있을 때 유럽은 여러 나라가 힘을 합쳐도 2만 명을 모으기도 쉽지 않았다. 유럽이 세계 제패의 기틀을 마련한 것은 신대륙 자원의 유입과 농업발달로 인구가 크게 늘면서였다. 인구가 크게 늘어난 영국은 2000만 명의 신민을 해외에 내보낼 수 있었기에 세계에 태양이 지지 않는 제국을 건설할 수 있었다. 그러나 이 사상 최대의 제국은 1차대전에서 한 세대의 젊은이를 거의 다 잃은 후 급격한 인구 감소와 함께 빠르게 해체되었다.

이런 일들이 21세기에도 똑같이 되풀이 된다고 보기는 어렵지만 "피임약은 사회적 자살약이다", "어린이가 없으면 미래도 없다"는 말은 우리에게도 강한 설득력을 가진다. 우리나라의 인구는 지금의 추세라면 2015년부터 감소하기 시작하여 2055년이면 3,448만 명으로 내려앉고, 2300년이 되면 불과 31만 명만 남는다는 전망이 나와 있다. 이웃 일본의 인구는 내년부터 감소기에 들어간다. 1자녀 갖기 정책을 강압적으로 실천해 온 중국의 인구 노령화와 남녀 성비 불균형 문제도 심상치 않다. 모두가 우리와 무관한 일이 아니다.

탈냉전, 세계화 시대에 인구문제는 과거 어느 때보다도 사회과학자들의 관심 대상이 되고 있다. 세계를 지배하는 권력의 구조가 인구문제에 의해 크게 좌우되기 때문이다. 인구학은 지금 세계정세와 미래를 진단하는 새로운 도구로 각광을 받고 있다.

인구가 줄어서 고민하는 나라들은 인구가 늘어나는 다른 문명권을 경계의 눈으로 보고 있다. 인구의 노령화를 겪고 있는 사회는 젊은이 인구가 과다한 나라를 두려운 눈으로 보기도 한다.

좀 별난 캐나다의 보수 논객인 마크 스타인은 얼마 전 "바보야, 문제는 인구학이야"라는 글에서 "서유럽의 대부분은 현재의 인구추세로 간다면 금세기 말에 소멸될 것"이라고 단언한다. 탈기독교적인 유럽의 고도합리주의 사회는 모두 인구의 순감소를 지속하여 금세기 말에는 중성자 폭탄을 맞은 도시처럼 주민은 모두 사라지고, 그 문명의 폐허에는 왕성한 인구증가율을 보이고 있는 모슬렘들이 새 주인으로 들어설 것이라는 주장이다.

　지금의 유럽인은 탈종교적 세속주의와 극단적인 합리주의, 그리고 요람에서 무덤까지를 모토로 하는 사회민주주의적 복지국가 건설을 자신의 강점으로 오인하고 있지만 실은 그것이 치명적 약점이라는 주장이다. 오히려 문명을 존속시키는 능력을 본다면 가톨릭이나 모르몬교가 훨씬 더 합리적이라는 관점이다. 왜냐하면 유럽사회가 추구하는 복지 시스템을 유지하기 위해서는 보수적, 종교적 사회 수준의 출산율이 필요하기 때문이다.

　그는 또 환경주의자와 성장한계론자들을 맹공격한다. 문제는 환경 악화와 자원 부족이 아니라 사람의 부족이라는 것이다. 러시아는 세계에서 가장 많은 자원을 가진 나라지만 인구가 가장 빨리 줄어들고 있는 나라이기도 하다. 환경주의자들은 지구의 온난화와 남북극의 빙산이 녹는 것을 걱정하지만 그것이 녹아서 재앙을 가져올 때는 그것을 지켜볼 유럽과 일본의 환경주의자들은 지상에 존재조차 않을 것이라는 주장이다.

　『비어 있는 요람』이란 책을 쓴 필립 롱맨은 스타인의 과격한 전망을 비켜 가면서, 출산율이 줄어든다고 모든 사회가 소멸되지는 않겠지만 세상은 전통-보수주의자들의 차지가 될 것이라고 내다봤다.

　역사적으로 그리스나 로마제국처럼 출산 기피로 인구가 줄어든 사례는 많지만 인류가 멸종을 면한 것은 가부장적 가치를 고수하는 집단이 있었기 때문이다. 여기서 말하는 가부장제의 가치관은 모름지기 남자는 적당한 배우자를 골라 결혼을 하고 가정을 꾸며 자녀양육에 모든 노력을 기울여야 한다는 생각이다. 가정을 일구는 것이 인생의 가장 주요한 소명이라고 보는 이들은 대체로 종교와 종족에 대하여 강한 집착을 가진 전통주의적 보수주의 집단이다. 선진국 보다 개발도상국, 기독교권보다 비기독교권, 그리고 소수민족에서 흔히 볼 수 있는 집단이다. 그리고 선진국에서도 탈종교적 집단보다는 종교적 집단이 이런 가치관을 고수하고 있다.

이런 가정에서 태어난 자녀는 부모의 보수주의적 문화를 계승할 가능성이 매우 높다. 반면 세계주의자, 자유주의자, 무종교자 등 세속적인 개인주의 경향의 사람은 전통과 보수에 집착하는 사람들보다 자녀를 안 낳거나 덜 낳는 경향이 뚜렷하여 부모의 진보적 문화가 전승될 기회는 그만큼 적다는 주장이다.

흔히 가부장제도를 성차별, 아동학대, 빈곤과 연관시키는 경향이 있지만 그것은 후진국의 사례이고, 선진국의 건전한 가족문화를 키워낸 가부장제도는 나름대로 장점이 많다. 아버지는 아이들을 훌륭하게 교육시키려 노력하고 전업주부인 어머니는 아이들을 더 건강하고 안전하게 키워 내는 능력이 있다. 형제가 많은 집에서 우수한 인재가 나온다는 주장도 있다.

그는 미국문화가 탈종교적 개인주의에서 종교적 근본주의 쪽으로 보수화하고 있는 것도 이런 관점에서 설명한다. 신보수주의의 부시 대통령을 지지한 주의 출산율은 자유주의자 케리를 지지한 주보다도 출산율이 12% 정도 높았다는 분석이다.

로마의 지도적 시민 계층은 자녀 출산과 양육을 기피하여 몰락하고 그들과 함께 그 문명도 사라졌지만 대신 기독교도와 새로 북방에서 유입된 가부장적 부족집단은 자녀들을 계속 낳아 서양 중세사의 주인공이 되었다. 이들의 가치관과 성향대로 만든 지배체제가 바로 중세의 봉건제도라는 관점이다.

남녀 간의 성비율의 불균형도 큰 문제를 제기하고 있다. 초음파탐지기에 의한 태아의 조기 성감별이 가져온 재난이다. 유럽이나 북미에서는 여성이 남성보다 각각 7%와 3.4%씩 많지만 태아성감별로 여아를 기피한 중국, 인도, 대만, 싱가폴, 그리고 우리나라의 성비 불균형은 심각한 수준이다.

이 문제를 처음 제기한 사람은 1990년 노벨경제학상을 탄 인도의 아마르티아 센 박사였다. 그는 아시아에서만 장차 1억 명의 여성이 부족하게 될 것이라고 내다보았다. 정상적인 남녀 성비는 105:100이지만, 인위적 조절에 의해 중국은 120:100(해남도는 136:100), 대만은 119:100, 인도는 120:100, 싱가폴은 118:100,그리고 한국은 112:100이 되었다.

이 대로 간다면 2020년 중국은 4천만 명의 결혼 못한 독신남자가 생기며, 이것이 사회적 정치적으로 큰 불안요인이 될 것이라는 전망이다. 이미 중국에서는 여성 인신 매매범이 해마다 크게 늘고 있다고 전해진다. 후진타오 주석도 문제의 심각성을 인식하고 250명의 중국 인구학자들에게 남녀 성비 불균형 문제를 해결하기 위해 지금의 1자녀 갖기 정책을 계속해야 할 것인지를 근본적으로 검토해 보도록 지시했다고 한다.

일부에서는 4천만 명의 결혼 못한 부랑계층이 생기는 2020년 경 중국이 문제 해결을 위해 전쟁을 일으킬 수도 있다는 조심스런 전망을 내놓기도 한다. 사회적 패배자인 이들이 영광스러운 명분으로 죽을 수 있는 기회를 만들어 주어 문제를 해결하려 할지 모른다는 것이다. 이런 우려의 배경에는 역사적인 전례가 있다. 19세기 중국 북부에 심한 가뭄과 메뚜기 떼 습격이 있은 후 주민들은 식량난을 넘기느라 여자어린이를 대량 살해했다. 그 결과 남녀의 성비는 129:100까지 벌어졌고, 결혼을 못한 젊은이들이 비적 집단이 되어 요새를 쌓고 이 지방을 장기간 지배하고 약탈했다는 것이다.

이와 유사한 인구학적 관점에서 하버드대학 역사학 교수이며 보수 논객인 니알 퍼거슨은 중동에서 대규모 전쟁이 일어날 수 있으며, 그것은 서구문명에 회복할 수 없는 타격을 줄 수 있다는 충격적 예측을 내놓아 화제가 된 바 있다. 1979년 회교원리주의 혁명으로 이란은 보수화의 길을 걷게 되어 결혼 연령이 낮아지고 피임이 금지되었다. 장기간의 이란-이라크 전쟁으로 청년인구가 크게 감소했지만 이를 만회하기 위한 베이비붐이 일어나 청소년 인구가 크게 늘어났다. 1995년 통계에 따르면 이란 인구의 5분지 2 이상이 14세 이하였는데, 이 젊은 인구집단이 2007년부터 징집 적령기가 된다. 이런 상황에서 원유부족 문제, 이란 새 지도부의 미국과 이스라엘에 대한 적대정책, 평화적 해결의 전망이 안 보이는 이란의 핵개발 문제가 한데 얽히면서 핵미사일까지도 동원되는 대규모 전쟁이 일어날 수 있다는 것이다.

9·11과 이라크 전쟁, 이란의 핵무장 선언, 프랑스의 모슬렘 청소년 난동사태 등을 계기로 사방사회의 모슬렘 사회에 대한 경계심은 이처럼 매우 과민해졌다. 두 문명권 간에 벌어지는 인구격차가 우려를 더 키우고 있다.

이 모든 으스스한 시나리오가 모두 우리의 삶과 결코 무관한 일이 아니다. "바보야, 문제는 인구학이야"란 말은 우리 스스로의 문제를 통찰할 때나 다가올 세계를 전망할 때나 모두 요긴한 충언이다. 중동 석유에 대한 의존도가 매우 높고, 이웃 중국과 경제적으로 깊은 연관을 가지고 있는 우리에게 이런 문제는 강 건너 불이 아니다.

인구폭발론자와 성장한계론자들의 잘못된 가설에 바탕을 두고 60년대에 시작된 것이 우리의 가족계획정책이다. 우리는 이 정책을 모범적으로 성공시켜 1983년 인구 제자리 성장을 위한 출산율 2.1명에 도달했다. 그럼에도 아무런 후속조치도 취하지 않고 오늘까지 온 것은 인구문제에 대한 무지와 무신경의 소치라고 볼 수 있지 않을까?

이제 문제가 분명히 드러났고 정부도 출산비 양육비 지원, 자녀 많은 집 주택 우선분양 등 여러 가지 대책을 내놓았지만 그것으로는 대세를 돌리기에 모자란다는 것이 중론이다. 출산율뿐 아니라 남녀 성비 불균형으로 결혼을 못하게 되는 청년들에 대한 대책도 마련해야 한다. 다른 나라에서 계속 신부를 수입해야 할까? 혼혈아 문제와 이들에 대한 사회적 편견은 어떻게 할 것인가.

이런 문제는 인생의 목표와 가정에 대한 가치, 그리고 사회적 통념을 바꿔야 하는 문제이기 때문에 정부 정책만으로는 힘이 부친다. 교육계와 종교계, 시민단체가 모두 나서야 될 일이다. 우리가 진정 걱정해야 되는 문제를 제쳐 두고 다른 일로 시간과 에너지를 낭비한다면 바보 소리를 들어도 마땅할 것이다.

(2006. 5.)

숲으로 가려네

내가 사는 시골집 강 건너편 산 중턱에는 새로 생긴 공원묘지와 납골당이 있다. 가파른 산중턱을 중장비로 도려낸 후 엄청난 양의 돌과 시멘트를 퍼붓는 공사가 몇 년간 계속된 끝에 작년에 개장했다. 묘지가 들어서서는 안 될 급경사지를 폭우에도 견딜 수 있도록 시공을 하느라 자재와 노력이 엄청나게 들었을 것이다.

주변의 평화로운 푸른 숲과 살벌할 정도로 인공적인 묘지는 너무 대조적이다. 가끔 나는 이 풍경을 사진으로 찍어 두면 요즘 많은 사람들의 관심을 끌고 있는 수목장을 알리는 데 유용하게 쓸 수 있지 않을까 생각해 본다. 그 사진에는 "숲이 있고 묘지가 있습니다. 여러분은 어느 쪽으로 가시겠습니까?"라고 설명문을 달아 놓으면 될 것이다. 누가 나에게 같은 질문을 한다면 내 대답은 "숲으로 가려네"이다.

평생 구획된 시멘트 구조물 속에서 살다가 죽어서도 잘게 구획

된 돌 구조물 속에 갇히느니 숲속의 한 그루 나무 밑으로 돌아가 바람과 별과 더불어 영원한 안식을 취하는 것이 아름다우리라.

이는 환경과 후손을 위해서도 더할 나위 없이 바람직한 일일 것이다. 우리나라의 묘지 면적은 전국토의 1%인 998평방킬로미터에 이른다. 이것은 전국토의 대지면적 2,177평방킬로미터의 절반에 육박하는 넓이다. 또 전국의 골프장 연면적보다 다섯 배나 넓다. 매년 20만 기의 개인 분묘가 생기는데 이대로 가면 우리나라는 분묘공화국이 될 판이다. 그것을 피할 설득력 있는 대안 중 하나가 수목장이다.

일찍부터 이런 생각을 가진 분들이 오래전부터 숨은 노력을 해오고 몸소 실천한 결과 이제 많은 사람들이 수목장이 무엇인지 알게 되었다. KBS가 최근 1002명의 남녀를 대상으로 조사하였는데, 수목장을 할 의사 있다고 응답한 사람은 620명(62%)이었다. 수목장에 대한 우리 사회 각계의 관심이 어느 정도인지를 알아보는 또 다른 방법이 있다. Google 검색창에 '수목장'을 쳐보는 것이다. 최근 그 숫자는 261만 건을 넘어섰다. 수목장에 대한 우리 사회의 관심이 그만큼 큰 것이다.

수목장은 세계 여러 나라에서 오래전부터 부분적으로 시행되어 왔지만 사회적 공인을 받아 처음으로 제도화한 사람은 스위스의 우엘리 차우터(Ueli Zauter) 씨다. 이 분은 2005년 우리나라에 와서 '수목장을 실천하는 사람들의 모임'이 주최한 심포지엄에서 강연도 하고, 우리나라 최초의 수목장이 치러진 고려대

양평연습림도 둘러보고 갔다.

그는 귀국하여 고향신문(Die Thurgauer Zeitung, 2005년 9월 28일자)에 실린 인터뷰에서 "예언자는 고향에서 푸대접을 받는다" 면서 한국이 빨리 수목장 제도를 도입했을 뿐더러 이 제도에 대한 사회적 관심이 매우 높아 놀랐다고 했다. 그는 특히 전직 농림부장관과 집권당 대표 등 고위 지도층이 앞장서서 수목장 보급을 추진하고 있는 것과 심포지엄에 350명이 참석할 정도로 시민들의 관심이 높은 점을 지적했다.

차우터 씨는 스위스에서 수목장제도를 시작할 때 이런 사회적인 호응을 받지 못하여 상당히 애를 먹었던 모양이다. 그가 수목장에 관심을 갖게 된 것은 1993년 런던에 살던 가까운 친구가 남긴 "스위스에 묻히고 싶다"는 유언 때문이었다. 우엘리는 친구의 유골을 땅에 뿌리고 그 위에 나무를 심었다. 재에서 새 생명이 자라나고, 봄마다 회생하여 보는 이에게 기쁨을 주고, 망자가 영생불멸을 얻는다는 상징성에 그는 매료되었다. 묘지 관리비를 물고, 정해진 매장기간(25년)이 지나면 다시 파내서 뒤처리를 해야 하는 번잡한 사후관리 책임에서 벗어나 모든 것을 자연에 맡길 수 있는 간편함, 친환경적이고 경제적이라는 점도 큰 장점이다.

수목장의 이런 좋은 점에 눈을 뜬 그는 이 제도를 널리 보급하고 싶었다. 그러나 전통에 거스르는 이 파격적인 장례 방식에 대한 지역사회의 저항은 만만치 않았다. 특히 막대한 이권이 위협을 당하게 된 장의업체들의 조직적인 로비와 반대는 완강했다.

지방정부는 1994년 그가 제에뤼켄 마을에 설치하려던 수목장림 허가신청을 기각했다. 사람들은 그를 비웃고 모욕을 주었다. 1995년 고향 마메른에 다시 수목장터를 마련하였으나 정부의 허가는 1999년에야 나왔다. 5년 이상 고군분투를 했던 것이다.

그 이후 그의 사업은 순조로웠다. 그는 수목장의 개념을 'FriedWald'(안식의 숲)로 이름 짓고 이를 상표로 등록하였다. 수목장사업을 전담할 회사도 설립하고, 협회도 결성했다. 이 협회의 심벌마크는 십자가의 위쪽 좌우에 획을 하나씩 더 그은 것인데, 뒤집어 놓으면 바로 나무 木자가 된다. 그가 대표로 있는 스위스 수목장연합회(FriedWald Verein) 산하에는 현재 54개의 수목장림이 있다.

차우터 씨와 제휴하여 독일에 수목장을 도입한 사람이 악셀 바우다흐인데, 이 사람도 2005년 가을 서울에 왔었다. 바우다흐는 2000년 9월 독일수목장협회를 결성하였으며, 현재 협회 산하에는 13곳의 수목장림이 있다.

차우터 씨는 자신이 창시한 수목장 제도가 스위스에서 독일로, 그 다음 한국으로 건너갔다면서 한국인들은 인터넷을 통해 스위스 수목장 제도를 알게 되었다고 인터뷰에서 말했다. 그러나 그가 말한 제3의 수목장 도입 국가인 우리나라에서 이 제도가 어떤 형태로 실현될지는 아직은 좀 두고 보아야 할 것 같다.

장묘 업무의 주무부처인 보건복지부는 기본적으로 수목장림을 묘지로 보려 하고, 수목장림이 들어설 국유림을 관장하는 산림청은 숲으로 보려고 한다. 묘지로 보려는 보건복지부는 수목장림 안에서의 전통적인 장례문화와 편의시설을 어느 정도 인정하려는 입장이고, 숲으로 보는 산림청은 모든 의례와 편의시설을 최소화하여 자연 상태에 가장 가까운 숲으로 만든다는 생각이다.

모자라는 묘지를 숲에서 해결한다는 발상과 수목장 제도를 계기로 아무도 손대지 못할 좋은 숲을 조성하겠다는 산림청의 생각 사이에는 상당한 거리가 있다.

스위스와 독일의 앞선 사례는 우리에게 좋은 참조가 될 것이다. 산지가 많고 지방자치단체의 규모가 작은 스위스의 수목장림은 그 규모가 독일에 비해 작고 숫자가 많다. 이미 조성된 숲의 나무를 사용하며, 유골은 그대로 묻거나 자연분해가 되는 유기질 용기에 넣어 묻는다. 나무에는 고인 이름의 이니셜만을 새긴 작은 표지판을 달 뿐이다. 장례식 때는 화환, 촛불, 장식물 등을 사용할 수 있지만 식이 끝난 후에는 일체의 인공물을 들여올 수 없다. 계약 기간은 99년이며, 도중에 나무가 죽으면 새 나무를 심어 준다. 비용은 1기당 4,600~4,900 스위스 프랑(우리돈 360만 원~383만 원)이며, 초원 한가운데 있는 독립수나 호숫가의 나무는 좀 더 비싸다. 가족나무로 계약을 하여 한 나무 주위에 10~12기의 유골함을 묻을 수도 있다.

국토의 30%에 이르는 광대한 숲을 평지에 가지고 있는 독일의

수목장림은 그 규모가 스위스보다 훨씬 크며, 수목장회사와 산
림당국과 지역사회가 공동으로 관리한다. 방문자를 위한 주차
장, 휴게소 등 편의시설도 잘되어 있고, 각 나무의 위치를 GPS
로 등록하고 컴퓨터로 위치를 검색할 수 있도록 하는 등 관리도
철저하다. 수목장을 원하는 사람은 생전에 자기가 묻힐 나무를
골라 예약을 할 수 있으며, 예약이 안 된 사람도 사후에 자리를
배정받을 수 있다. 사용료는 10인 공동용 나무 중의 1인 자리는
800유로(96만 원), 10명용의 가족나무와 친구나무는 3000유로
(360만 원)이다. 잘 생긴 나무는 값이 좀 더 비싸다. 계약된 나무
는 장례가 치러진 후 99년간 베지 않으며, 25년 안에 낙뢰 등으
로 죽으면 새 나무를 심어 준다. 현재 나무를 계약한 사람은
54,000명 정도.

프리드발트협회의 수목장 개념과 비슷하면서도 장소의 의미를
더욱 강조한 독일 슈바르츠발트(검은 숲)지방 오버리트
(Overried) 마을의 '안식의 산'(Ruheberg) 개념도 우리에겐
참고가 될 것이다.

지역공동체적 유대를 유난히 강조하여 고향(Heimat)이란 말
을 어머니나 아버지란 말 만큼 소중히 여기는 독일인들에게 어
디서 살고 어디서 묻힐 것이냐 하는 장소의 의미는 매우 중요하
다. 오버리트 마을은 이 점을 착안하여 마을공동체의 자연장 장
소로 해발 1,100미터의 산정에 있는 3000평의 숲을 '안식의 산'
으로 만들었다. 고향을 떠나 살았더라도 죽어서는 자신이 태어

난 고향으로 돌아와 가족과 함께 묻히도록 한다는 것이다.

사용자는 구역 내의 나무나 바위나 나무 등걸 등 원하는 곳을 자신의 유골 안치 장소로 예약할 수 있다. 가족묘를 원하는 사람은 나무를 중심으로 12기의 유골함을 묻을 수 있다. 사용 기간은 개인묘는 40년, 가족묘는 마지막 사람의 유골이 묻힌 때로부터 40년이다.

이런 여러 사례와 경험을 참조하여 우리 실정에 맞는 제도를 마련해야겠다. 굳이 고향을 찾지 않는 대도시 거주자들을 위한 수목장림도 필요하고, 가족과 고향을 중시하는 사람들을 만족시킬 수목장림도 필요할 것이다. 이미 조성된 숲을 사용하는 것이 손쉬운 일이지만, 국토 경관개선과 환경보호를 위해 새로 숲을 만드는 계획조림형 수목장림도 고려해 볼 필요가 있다. 이런 취지에 맞는 숲을 미리 조성해 놓은 사업자에게 우선적으로 수목장림을 허가해 주는 방안도 있을 것이다.

아름다운 자연으로 회귀하는 것이 장삿속으로 오염되지 않도록 막는 일도 중요하다. 등급 짓기를 좋아하는 세상인지라 수목장에도 지나친 차별화가 걱정된다. 독일과 스위스에서도 나무에 따라 등급이 있다. 호화 분묘 문제에서 보듯이 이런 차별화가 우리나라에서는 더욱 과장될 가능성이 충분히 있다. 공적인 규제를 강화하여 수목장림의 사용 기회에 평등과 공정을 확보하고, 사용료도 경제적이어야 한다. 그것이 수목장의 기본정신을 지키는 것이다.

　청정한 자연 속에 망자들이 쉬고 있다는데 뜻이 있는 수목장림
이 전통 제례로 오염되는 것도 그다지 바람직한 일이 아니다. 음
식물과 꽃과 촛불이 널려 있고 분향 냄새가 진동하는 수목장림
은 혐오감을 줄 것이다. 혐오감을 주면 혐오시설이 되고, 주민들
의 반대에 부딪히게 된다. 스위스와 독일에서는 이를 엄격히 금
지하고 있다. 수목장림은 아름다운 휴양림처럼 깨끗하고 쾌적하
여 거닐고 싶은 숲이 되어야 마땅하다. 유명을 달리 한 사람들의
만남과 추모의 공간이면서 삶과 죽음, 이승과 저승에 대하여 편
안한 생각을 줄 수 있는 곳이 되어야 한다.

　앞선 나라의 새로운 제도와 문화를 빠르게 받아들이고 우리 것
으로 만들어 내는 능력은 우리 민족의 특기다. 전통 장례와 제례
에 대한 강한 전통이 남아 있는 우리 장묘제도의 합리화를 추구
하는 속도도 엄청 빠른 편이다. 귀향과 성묘의 계절을 맞아 가족
들이 모두 모인 자리에서 우리 장묘제도에 대한 허심탄회하게
토론을 벌여 볼 필요가 있다.

(2006. 9.)

아! 두만강

장백산 북파를 떠난 버스는 여러 시간 울창한 숲길을 달린 끝에 두만강의 발원지에 도착했다. 한민족 이산과 유랑의 증인 두만강은 자작나무 숲가의 조그만 물웅덩이에서 천사백 리의 여정을 시작한다.

함께 간 일행은 모두 카메라 셔터를 누르기에 바쁘다. 한쪽 발은 북한 땅, 다른 한쪽 발은 중국에 딛고 사진을 찍는다면서 저마다 낄낄대며 법석이다. 자동차 밀수를 막기 위해 중국 측에서 설치했다는 콩크리트 장애물이 험상궂다. 갈 길이 바쁘다는 가이드의 재촉으로 작은 소동은 가라앉고, 버스는 다시 실개천 같은 강줄기를 따라 달렸다.

강 저편은 함경북도 무산군, 강이라고 해야 무릎을 적시면 넉넉히 건널 수 있는 깊이지만 건널 수 없는 강이다. 초등학교 시절, 무산에는 동양 최대의 철광석 노천광이 있고, 그 철광석은 성진(지금의 김책)의 제련소로 보낸다고 배웠다.

그 후 강산이 다섯 번 바뀔 만큼 세월이 지났건만 아직도 그 곳은 우리에게 금단의 땅으로 남아 있다.

버스는 어느 틈에 숲길을 빠져나와 경작지와 마을이 드문드문 보이는 산촌을 달린다. 밭에서는 옥수수와 감자가 한창 자라고 있고 김을 매는 사람들의 모습도 보인다.

"자루가 긴 괭이로 서서 김을 매는 사람은 중국 사람이고, 앉아서 호미로 김을 매는 사람은 조선족입니다." 가이드가 차창 밖을 가르키며 설명한다. 좁고 척박한 땅을 가꾸던 농법과 넓고 기름진 땅을 가꾸던 농법의 차이일까?

"집도 다릅니다. 추녀가 짧고 벽돌로 지은 집은 중국 사람 집이고, 추녀가 치켜 올라간 팔작지붕은 조선족 사람 집이랍니다."

팔작지붕 집 뒤뜰의 장독대와 장작을 쌓아 놓은 모습이 눈에 익고 정겹다. 강 건너 북한의 조그만 마을들이 초여름 땡볕 아래 졸고 있었다. 가파른 산등성이를 깎아 만든 계단밭이 자주 보인다. 어떤 계단밭은 산 정상까지 올라가 있다.

저 산 너머 어디에 북으로 간 시인 이용악의 「그리움」에 나오는 백무선 산간철도가 있겠거니 짐작해 본다. 지금도 그 철로에 기차가 다니고 있을까? 백무선은 목재를 실어 나르기 위해 일제가 부설한 백암과 무산을 잇는 산간철도다.

눈이 오는가 북쪽엔
함박눈이 쏟아져 내리는가

험한 벼랑을 굽이굽이 돌아간
백무선 철길 우에
느릿느릿 밤새워 달리는
화물차의 검은 지붕에

연달린 산과 산 사이
너를 남기고 온
작은 마을에도 복된 눈 내리는가

잉크병 얼어드는 이러한 밤에
어쩌자고 잠을 깨어
그리운 곳 차마 그리운 곳

눈이 오는가 북쪽엔
함박눈이 쏟아져 내리는가

 1914년생인 이용악은 두만강가에서 나서 자랐으며, 두만강 주변 서민들의 고달픈 삶을 노래한 시를 여러 편 남겼다. 그의 서울살이도 머리맡의 잉크병이 얼 정도로 고단했기에 망향의 마음이 더욱 깊었는지 모른다.

버스는 중국과 북한을 잇는 다리와 양국의 세관이 있는 숭선 (崇善)에 도착하여 일행을 내려놓았다. 모두가 우루루 강변으로 몰려 나갔다. 강 위에는 북한과 중국을 잇는 세 칸짜리 낡은 시 멘트 다리가 하나 달랑 걸려 있었지만 오가는 차량도 사람도 안 보인다. 모두가 강 건너편 가 볼 수 없는 땅을 하염없이 바라보 고 있었다.

가이드는 식량을 구하러 강을 건너오는 북한 동포들의 딱한 사 정을 이야기해 준다. 주린 배를 채우기 위해 몰래 강을 건너와 파종한 씨감자까지 파가는 일이 빈번하다는 것이다. 강 북안의 중국땅 농민들도 한해 농사를 망치느니 차라리 식량을 나누어 주는 것이 낫다고 생각해서 그들에게 먹을 것을 주어 돌려보내 고 있다는 것이다.

배고픔을 면하기 위해 중국인에게 팔려 가는 처녀들도 많다고 했다. 강을 건너오다 익사하는 경우도 있다고 한다. 동북 삼성 전역의 노래방과 술집에도 그렇게 온 북한의 여성들이 많다는 이야기다. 두만강 일대에서 조선 여인의 운명은 이용악 시인의 시대나 지금이나 달라진 것이 없나 보다.

북쪽은 고향
그 북쪽은 여인이 팔려간 나라
머언 산맥에 바람이 얼어 붙을 때
다시 풀릴 때

시름 많은 북쪽 하늘에
마음은 눈감을 줄 모르다

　이용악은 두만강변 조선 여인들의 기구한 운명을 그린 시를 여러 편 썼다. 그의 시 「제비 같은 소녀야」는 강 건너 호인(胡人)의 주막에 팔려온 '어느 흉작촌에서 보낸 어린 희생자'를 그리고 있다. 또 「전라도 가시내」에서도 '두터운 벽도 이웃도 못 미더운 북간도 술막'에서 만난 '울 듯 울 듯 울지 않는 전라도 가시내'를 이야기하고 있다.
　두만강 일대는 한민족 이산과 유랑의 기구한 드라마가 펼쳐진 무대다. 두만강은 한도 많고 할 이야기도 많은 강이다. 그래서인지 이 강과 그 주변을 무대로 한 우리 문학의 유산도 풍요롭다. 시인 윤동주와 김규동, 그리고 이용악을 키워 낸 고장이고, 안수길의 대하 장편소설 『북간도』와 북으로 간 소설가 이기영의 대하소설 『두만강』, 그리고 우리 문학 최초의 장편 서사시로 꼽히는 파인 김동환의 「국경의 밤」이 나온 곳이다. 그뿐만 아니라 이곳의 조선족들은 모국과 단절된 가운데도 이곳을 무대로 하여 독자적인 문학역량을 키웠다. 연전에 돌아가신 김학철 옹 같은 분들이 그 주역이었다. 영화 「아리랑」을 만든 나운규가 자라고 공부한 곳도 두만강변과 용정이었다. 김규동은 「두만강」이란 시에서 그 이야기를 들려 준다.

얼음장 위에 모닥불을 피워도

녹지 않는 겨울 강.

밤이면 어둔 하늘에

몇 발의 총성이 울리고

강 건너 마을에서 개 짖는 소리 멀리 들려 왔다.

우리 독립군은

이런 밤에

국경을 넘는다 했다.

때로 가슴을 가르는

섬뜩한 파괴음은

긴장을 못 이긴 강심 갈라지는 소리.

이런 밤에

나운규는 '아리랑'을 썼고

털모자 눌러 쓴 독립군은

수많은 일본군과 싸웠다.

지금 두만강엔

옛 아이들 노는 소리 남아 있을까?

강 건너 개 짖는 소리 아직 남아 있을까?

대지를 적셔 모든 생명을 자라게 해 주는 강은 평화와 안식의
상징이다. 그러나 두만강은 옛날이나 지금이나 '몇 발의 총소리'
와 '개 짖는 소리'가 상징하듯 편안한 강이 아니다. 두만강은 예

나 지금이나 불안과 긴장이 흐르는 강이다. 흰옷 입은 무리를 노리는 청나라 국경 순라꾼, 장총 메고 말탄 아라사 병정, 그리고 마적단이 출몰하던 겁나는 강이었고, 독립군과 밀수꾼이 일경과 그 밀정들을 피해 오가던 강이었다.

마적도 무서웠지만 한때는 아라사 병정도 범보다 무서운 존재였다. 조선조 말 원동지방의 아라사 병정들에게는 가을철 '백조사냥'이라는 것이 있었다. 봄이 되어 노숙을 해도 얼어 죽지 않을 만큼 날이 따뜻해지면 두만강변 가난한 조선인들은 남부여대하여 씨앗자루를 메고 강을 건넌다. 부지런한 그들은 봄부터 가을까지 쉴 새 없이 일하여 숲 사이에 밭을 개간하여 농사를 짓고, 산삼과 한약재를 채취하고 개울에서 사금을 모은다. 가을이 되면 추위가 몰려오기 전에 다시 강을 건너 그리운 식구들이 기다리고 있는 고향을 향해 떠난다.

그러나 이 때쯤 되면 기다렸다는 듯이 말을 타고 장총을 멘 아라사 병정들이 나타난다. 그들은 남부여대한 한인들의 귀향길 길목을 지키고 있다가 긴 장총으로 새 사냥을 하듯 흰옷 입은 사람들을 쏘아 넘어뜨린다. 그들이 노리는 것은 귀향 보따리에 꽁꽁 감추어 둔 사금이다. 이것이 아라사 병정들의 가을철 용돈벌이 백조사냥이었다.

파인 김동환의 장편 서사시 「국경의 밤」은 소금을 달구지에 싣고 국경을 넘어간 밀수꾼 남편을 기다리는 아낙네의 불안한 심경을 그리는 것으로 이야기가 시작된다. 순이의 남편은 마적의 총에 맞아 싸늘한 시체가 되어서 돌아온다.

　이용악의 부모도 한 때는 두만강을 오가는 소금 밀수로 생계를
삼았었다.

　　아버지도 어머니도
　　젊어서 한창땐
　　우라지오로 다니는 밀수꾼

　　눈보라에 숨어 국경을 넘나들 때
　　어머니의 등골에 파묻힌 나는
　　모든 가난한 사람들의 젖먹이와 다름없이
　　얼마나 성가스런 짐짝이었을까

　버스는 숭선 세관을 뒤로 하여 북동쪽으로 달리기 시작했다.
차창 밖으로 인적이 끊기고 폐가처럼 보이는 건물이 가끔 보인
다. 폐교가 된 건물도 보였다. 가이드가 궁금증을 풀어 준다.
　"지금 연변자치주의 조선족 수효가 많이 줄었고 계속 줄고 있
습니다. 젊은 사람들은 죄다 서울로 북경으로, 상해, 청도, 심천
같은 큰 도회지로 돈 벌러 나가고 시골에는 노인들만 산답니다.
아이들이 없으니 학교도 하나 둘씩 폐교가 되고 있습니다."
　3백년 전, 두만강 북안을 본거지로 한 만주족의 추장 누루하치
는 중원으로 쳐들어가 청나라를 세웠다. 왕조 건국을 도왔던 고

향 사람들은 그 후 자금성과 왕실의 근위병이 되기 위해, 또 연줄을 이용해서 제마다 한몫을 잡기 위해 계속 고향을 등지고 떠났다. 아마 그 때도 그들이 고향에는 노인들만 남았을 것이다.

청의 황제들은 그들의 조상들이 살던 땅에 봉금령을 내려 모든 이민족의 이주를 막았다. 이렇게 수백 년 묵혀 두었던 땅인지라 비옥하여 무슨 농사든지 잘되었다. 두만강 남안의 척박한 땅에서 기아를 면치 못하던 우리 동포들이 죽음을 무릅쓰고 월강, 농사를 짓기 시작한 것이 조선조 말 북간도 개척사의 시작이었다. 그토록 고생스럽게 삶의 터전을 마련했던 우리 동포들이 이제 달라진 세상을 만나 다시 새로운 운명을 찾아 다투어 대도시로 떠나고 있다. 그 빈자리를 한족들이 메우고 있는 중이다.

버스는 이제 두만강과 작별을 고하고 북으로 달려 제법 큰 도시인 화룡(和龍)을 지나 용정(龍井)을 향해 달렸다. 2차선 도로를 4차선 고속도로로 확장하는 공사 때문에 버스가 자주 속도를 늦추어야 했다. 새 도로변을 따라 초고속 인터넷망을 위한 광섬유도 함께 깔고 있었다. 힘이 넘치는 중국의 경제력이 이제 이 오지에도 천지개벽을 불러오고 있는 것이다.

이제 여정도 끝나가고 두만강도 오래전에 시야에서 사라졌다. 그러나 마음은 무겁다. 역사가 유전하고 모든 나라, 모든 사람의 운명이 바뀌고 있다. 이런 세상에 강 하나 사이를 두고 사람 사는 것이 왜 이다지도 불공평할까? 강 건너 동포들의 해묵은 가난과 불안의 질곡은 언제쯤 풀릴 것인가? 새로운 이산과 유랑의 아폼은 언제까지 계속될 것인가?

　70년 전 이용악은 민족의 비운을 온 몸으로 지켜보고도 못 본 척 도도히 흐르는 두만강의 무심함을 탓하면서 '천치(天痴)의 강(江)'이라고 절규했다.

　　강아
　　천치의 강아

　　너를 건너
　　키 넘는 풀 속을 들쥐처럼 기어
　　색다른 국경을 넘고자 숨어다니는 무리
　　맥풀린 백성의 사투리의 *鄕閭*를 아는가
　　더욱 돌아오는 실망을
　　*墓標*를 걸머진 듯한 이 실망을 아느냐

　　강안에 무수한 해골이 딩굴어도
　　해마다 계절마다 더해도
　　오직 너의 꿈만 아름다운 듯 고집하는

　　강아
　　천치의 강아

두만강은 언제쯤 천치의 강, 아픔의 강이길 멈추고 편안한 안식의 강이 될 것인가?

(2004. 9.)

3

사람이 아름답다

40이면 늦다고?

대부분의 사람들은 먹고살기 위해 평생 동안 그다지 하고 싶지 않은 일을 하면서 산다. 살고 싶지 않은 곳에서 살아야 하고, 만나고 싶지 않은 사람을 만나야 한다. 삶의 현실과 소망하는 삶 사이에는 이런 간극이 있고, 거기에서 갈등이 자라기 마련이다.

자기가 살고 싶은 곳에서 하고 싶은 일을 하면서 좋아하는 사람들과 만나며 살 수 있다면 삶의 질로는 상급일 것이다. 여기에 더하여, 하는 일이 오래 남고 기억될 창조적인 일이라면 최상급일 것이다. 삶의 질을 호텔 등급처럼 별의 숫자로 매기면 이런 삶은 당연히 별을 다섯 개쯤 주어야 할 것이다.

오래전 어느 잡지에서 별 다섯짜리에 가까운 삶의 모습을 본 적이 있다. 서울 근교 시골로 이주한 어떤 도예인의 일상을 소개한 기사였다. 기사 내용은 거의 잊어버렸지만 도예인 일가족이 사는 정겨운 모습을 담은 사진들은 기억에 남아 있다. 물레 앞에 앉아 흙을 빚어 작품을 만들기에 여념이 없는 도예가, 텃밭을 일

구는 노모, 집안일을 돌보는 아내, 개와 더불어 즐거이 뛰노는
아들과 딸의 모습이 있었다. 일터와 살림집을 겸하여 수더분하
게 지은 집과 아직 가마에 들어가지 않은 도자기들이 정렬해 있
는 작업장 모습도 있었다. 거기에는 온 가족이 한 공간에서 함께
지내며, 일하고 생산하고 놀고 배우는 온전한 삶의 모습이 있었
다. 예술과 자연이 있고, 자유와 자족이 있었다. 생업과 하고 싶
은 일 사이의 갈등에서 오는 욕구불만도 갈등도 없을 것 같았다.
이야말로 도회지 생활 속에서는 찾기 어려운 전인격적인 삶의
모습일 수 있다고 생각했다. 그 도예인 일가의 사는 이야기가 오
래 동안 나의 뇌리에 남은 것을 보면 그런 삶의 방식이 내 마음
에 와 닿았기 때문일 것이다. 그 무렵의 나는 40을 바라보면서
보다 바람직하게 사는 문제를 놓고 고민을 하던 때였다.

10여년 전 나는 실제로 이런 삶의 본보기를 보여주는 도예가
한 분을 만났다. 경기도 광주시 곤지암에 있는 보원요(寶元窯)의
주인 지헌(知軒) 김기철(金基哲) 선생이다. 도자기를 배우러 선
생의 문하로 들어간 내 아내를 따라가 그 분 일가의 사는 모습을
가까이 대하면서 참으로 많은 것을 느끼고 배웠다.

보원요에는 지헌 선생의 예술과 독특한 생활문화에 매료된 사
람들의 발길이 끊이지 않는다. 보원요를 좋아하는 사람들의 모
임이 형성되어 있는데 나도 그 동아리의 말석에 끼게 된 셈이다.

지헌 선생은 불혹의 40을 넘어 도예를 시작하여 이 분야에서
새로운 산맥을 만들어 낸 분이다. 40이라면 보통 사람들은 "이젠

늦었어"하며 지고 가던 짐을 그대로 진 채 관성에 이끌려 가는 연령이건만 이 분은 과감하고도 화려하게 변신했다.

원래 지헌 선생은 대학에서 영문학을 전공하고 고등학교 교사를 하면서 대학에도 출강을 하던 분이다. 젊은 시절 선생이 번역한 찰스 램의 『엘리아 수필집』은 아직까지도 가장 좋은 번역으로 꼽혀 최근에 다시 책으로 나온 바 있다. 좋은 문장가라야 명 번역가가 될 수 있다. 지헌 선생은 몇 권의 수필집을 발간한 뛰어난 산문가이기도하다.

이렇게 살던 선생이 어느 원로 도예가의 고희전 관람을 보고 "나는 여태껏 인생을 헛살았구나!" 하는 절박한 좌절감을 느꼈다. 훗날 쓴 글에서 그는 당시를 이렇게 회상했다.

"나는 꽃이나 나무 키우는 것으로 뚫린 가슴을 메우려고 부단히 노력을 했다. 그러나 허사였다. 무엇을 만든다는 것, 창조한다는 것 이상의 것이 없을 것 같았다."

불교식으로 말하면 이런 깨달음은 돈오(頓悟)에 속할 것이다. 그해 겨울방학부터 선생은 도자기를 배우러 나섰고, 마침내 교편 생활을 정리하고 전업 도예인의 길을 걷게 된다. 대단한 용단이 필요했을 것이다. 진정으로 하고 싶은 일을 위해 던질 것을 던져버린 것이다. 도예를 하다 보니 서울을 떠나 시골로 내려와야 했다. 어려서부터 꽃과 나무를 사랑한 그에게 시골 생활은 늘 바라던 바였다. 선생은 도예가 이전에 훌륭한 정원사이며 농부이다.

비록 늦게 흙을 만지기 시작했지만 선생은 우리 도예계에 새로운 경지를 열었다. 선생의 작품은 대영박물관을 비롯한 세계의 큰 박물관에서 정기적으로 사들이고 있다. 선생의 대작 한 점은 청와대 대접견실에 오랫동안 자리를 잡고 우리나라에서 가장 많이 사진이 찍힌 도자기가 되었다. 대통령이 외국의 국가원수나 주요 인사를 접견할 때 앉는 좌석 사이에 이 작품이 놓여 있었기 때문이다.

선생의 작품세계는 문외한인 내가 더 이상 이러쿵저러쿵 할 일은 아니다. 다만 선생과 교분이 두터운 법정 스님이 쓴 글에 이런 대목이 있다.

"그릇을 볼 때마다 우리는 그 안에서 만든 사람까지도 함께 들여다보게 된다. 사람의 마음이란 한결같지 않기 때문이다. 그릇의 형태는 비슷비슷하지만 그 그릇이 지닌 얼은 다양할 수밖에 없다. 글은 곧 사람이라는 말이 있듯이 그릇 또한 그 사람이다."

선생의 독특한 작품은 그의 삶의 표현이다. 그 소재는 선생이 가꾸고 돌보는 보원요 주변의 일상적인 자연에서 나온 듯싶다. 그것이 선생의 풍부한 인문학적 축적 위에서 변용을 겪고 작품으로 구현된 것이라 믿는다. 지헌 선생은 문하생들에게 늘 작품의 속(俗)됨과 교(巧)함을 경계해야 한다는 말을 하는데, 그것을 막아주는 것이 지성일 것이다.

선생의 도자기 공방은 모든 것이 옛 방식이다. 흙을 기계로 반죽하는 법도 없고 가스나 전기 가마도 없다. 심지어 물레조차도 쓰지 않고 손으로만 빚는다. 달인의 손끝을 만난 최상의 고령토와 소나무만을 때는 전통 장작 가마가 만든 선생의 작품은 어디에 숨겨 놓아도 한눈에 알아볼 수 있다.

보원요는 해발 150미터쯤의 친근한 야산 산록에 길게 자리 잡고 있다. 그곳은 흙이 꽃과 나무, 채소와 곡식을 키워 내는 터이자, 흙이 빚어져서 천년을 가도 변치 않는 보물로 바뀌는 곳이다. 또 그곳은 격조 높은 전통 생활문화를 배우고, 흙과 더불어 사는 환경친화적 삶을 체험하는 작은 학교다.

이곳에 오면 누구나 큰 절의 산문에 들어섰을 때와 같이 정갈함과 안온함을 느낀다. 늘 빗자루 자국이 남아 있는 마사토 길을 걸어 들어가노라면 아름드리 굴참나무가 늘어섰고, 솜씨 좋게 쌓은 돌각담과 돌탑이 보인다. 감나무와 매실나무, 산수유나무, 살구나무로 둘러싸인 조그만 정자도 있다.

진입로 왼쪽에는 이 댁의 소문난 채식주의 식단을 꾸며 주는 채소밭이 있고, 계류수를 받아 만든 크고 작은 연못에는 백련과 함께 개구리들이 뛰놀고 있다. 또 곳곳에 놓인 돌확에서는 여름 내내 각종 수련과 어리연꽃이 피고 있다.

이 댁의 또 다른 명물은 두 평 남짓의 단칸 초가 황토방과 나선형으로 돌담을 쌓고 초가를 얹은, 문 없는 재래식 뒷간이다. 마당의 끝에는 보원요의 자존심의 상징인 우람한 전통 장작 가마가 경사지를 따라 길게 누워 있다. 가마 옆 헛간에는 잘 마른 소나무 장작이 가득 쌓여 있다.

둥근 개울 돌을 박아 벽을 만들고 소나무 서까래에 검은 판석으로 기와를 얹은 2층 건물은 선생이 오랫동안 집 지을 소재를 차근차근 모아서 정성을 들여 지은 집이다. 1층에는 작업실과 작은 작품 진열실이 있고, 2층에는 이 댁 주인 내외분이 기거하시는 방과 작품들이 모여 있는 전시실 겸 거실이 있다. 잣나무 통판으로 된 계단과 전시실 마루는 늘 잘 손질이 되어 호박색 색상이 곱게 살아 있다. 밟을 때의 그 느낌도 대리석인 양 육중하다.

이 방은 선생 내외분의 개성(個性)과 문기(文氣)가 넘치는 공간이다. 방안의 천장에는 말린 산국 꽃다발이 연중 걸려 있어 늘 좋은 향기를 뿜어내고 있다. 언젠가 한겨울에 이 방에 들어섰을 때 한 아름의 진달래꽃이 탐스럽게 피어있는 것을 본 적이 있다. 보원요 주위의 꽃과 나무는 이 댁 주인의 손이 닿으면 그대로 꽃꽂이 작품이 된다. 이 방에는 좋은 사람과 좋은 차가 있고, 좋은 화제가 있다. 이 방에 초대를 받는 것은 행운이고, 그것을 누린 사람은 두고두고 이를 잊지 못한다.

보원요는 봄과 가을 두 차례 가마에 불을 넣는다. 한 덩어리의 흙이 영원한 생명을 얻는 날이다. 이 날은 보원요 문하생과 선생을 따르는 사람들의 흥겨운 잔칫날이다. 불의 춤을 구경하는 것은 황홀한 경험이다. 아궁이에 불을 때기 시작하여 열이 오르면 가마 옆구리의 봉통에 장작을 집어넣기 시작한다. 관솔이 많은 소나무 장작 불길은 처음에 칠흑 같은 연기를 토하다 이윽고 희

맑은 화염으로 바뀐다. 이렇게 달궈진 봉통 속으로 들어간 소나무 장작은 마치 화약처럼 순식간에 작열하여 가마를 더욱 달군다. 창조를 위한 그 불길은 아름답고도 신비하다.

"가마 칸을 가득 메우고 도자기를 감고 도는 희다 못해 파르스름한 물안개 같은 흐름을 누가 불길이라고 하겠는가. 아니다. 분명 다른 세계이다. 나는 몇 번이나 저 안이 극락이 아니면 천당이라는 생각을 하게 되었다. 저 속에 의젓이 앉아 있는 존재들, 어찌 보면 하나하나가 다 신비스런 모습을 띠고 의연하게 때를 기다리는 것 같다."

누구보다도 이 불꽃을 많이 보았을 선생의 표현이다. 수필「흙과 불춤」에 나오는 대목이다. 그렇게 구워진 도자기는 천년을 가도 변치 않는다. 어떤 흙은 꽃을 피우지만 또 어떤 흙은 불을 만나 불멸을 얻어 영원한 꽃을 만든다. 그리고 그 불멸성이 지헌 선생을 매료시켰는지 모른다.

삶은 늘 용기 있는 사람들에게 미소를 보낸다. 고희를 훌쩍 넘긴 요즈음의 지헌 선생은 낙타에서 사자가 되었다가 다시 어린이가 된 듯하다. 말씀에 거리낌이 없고, 웃음소리가 어린이처럼 천진하다.

"나이 40이면 늦다고?"

먼 데서 선생의 껄껄 웃는 소리가 들리는 듯하다.

(2005. 5.)

숙자네

　우리 이웃에는 평생 농사를 짓고 사는 이 씨 내외가 살고 있다. 70대 중반의 이 씨는 몸집이 작지만 야무지고 동네에서 가장 부지런한 사람이다. 부인은 70을 바라보는 몸집이 좀 크고 후덕해 보이는 여인이다. 그 집 큰 딸 이름이 숙자여서 동네에서는 그냥 숙자네, 숙자 아버지, 숙자 어머니로 통한다. 그 딸도 이제 40이 훌쩍 넘어 남매를 둔 중년부인이 되었으니 이름을 그냥 부르기도 민망스러운 일이다. 하지만 그 딸이 갓난아기 때부터 마을을 지켜 온 동네 노인들은 지금도 서슴없이 숙자네라고 부르고, 다른 사람들도 덩달아 그렇게 부른다.

　숙자 어머니는 전라도의 가난한 농가의 딸이었고 숙자 아버지는 경기도의 가난한 시골 노총각이었다. 두 사람이 부부가 되어서 오막집에서 살림을 차렸을 때의 사정은 글자 그대로 적수공권이었다. 게다가 외지에서 들어온 새댁에 대한 마을 사람들의 보이지 않는 냉대도 한참 동안 괴로웠다고 한다. 부부는 남의 땅을 빌려 농사를 짓고 품을 팔면서 4남매를 모두 고등학교에 보냈다. 그 동안의 고생이 이만저만이 아니었음은 쉽게 짐작이 간다.

숙자네 남매들이 학교를 다닐 때만 해도 이 마을로 들어오는 길은 포장이 안 되어 있었고 버스 노선도 없었다. 학교도 십 리 밖에 있는 초등학교의 분교가 하나 있었을 뿐 중학교는 없었다. 4남매는 이 마을의 초등학교를 졸업한 후 마석으로 나가서 중고등학교를 다녔다. 이 마을에서 마석까지는 큰 산을 하나 넘는 삼십 리 길이고, 차편을 이용하려면 4킬로를 걸어나가서 시외버스를 타고 도농삼거리까지 가서 다시 버스를 갈아타야 한다.

4남매가 졸업할 때까지 어머니는 먹거리를 머리와 양손에 이고 들고 마석의 자취방까지 줄창 날랐다. 짐이 많을 때는 하나씩 머리에 이고 몇백 미터씩 날라 놓은 후 되돌아와서 다른 짐을 옮기는 식으로 삼십 리 길을 연결했다. 그렇게 한번 갔다 오면 몸살이 날 지경으로 고단했다고 한다.

주말이 되면 자녀들은 집으로 돌아왔고, 월요일이 되면 새벽에 다시 학교로 돌아갔다. 겨울철 날씨가 추울 때면 아이들이 추위에 떠는 것이 안타까워서 어머니는 머리에 화로를 이고 십 리 밖 버스정거장까지 앞장서서 걸었다. 자녀들은 언제 올 지도 모르는 시외 버스를 기다리는 동안 어머니가 이고 온 화롯불로 몸을 녹였다. 버스가 자녀들을 태우고 가면 어머니는 다시 화로를 머리에 이고 십 리 길을 되돌아왔다.

자녀들은 학교를 마친 후 서울로 가서 각각 제 밥벌이를 하고 차례로 결혼하고 출가하여 가정을 이루었다. 자녀들 중 크게 출세한 사람은 없어도 모두 먹고살 만하다고 들었다. 추석이나 설날이 되면 이 씨네 집은 귀성한 자녀들로 붐빈다. 평소에 어린이라고는 단 한명도 없던 마을이 귀여운 이 씨 댁 손자 손녀들의 떠드는 소리와 웃음소리, 싸우는 소리, 우는 소리로 시끌벅쩍해진다. 노인들만 사는 동네에 아연 생기가 돌아 잠시 사람 사는 분위기가 된다.

그 댁에서는 가끔 돼지를 통째로 잡기도 한다. 이럴 때는 소주가 곁들인 즉석 돼지고기 숯불구이 파티가 열린다. 사람들이 모이고 모처럼 조촐한 동네잔치가 벌어진다. 나도 그 때마다 초대를 받아 집에 있던 술병을 하나 들고 한몫 낀다. 그렇게 여러 차례 만나게 된 이 씨 댁 자녀들과는 이제 인사를 나누는 사이가 되었다. 그들은 모두가 양순해 보이고 인사성이 밝았다.

술잔이 몇 순배 돌고 모두가 거나하게 오르면 이 씨의 음성이 한 옥타브 올라간다. 그리고 사람들의 화제가 과거로 돌아간다. 이 씨 댁 일가의 이런저런 살아온 이야기도 이런 자리에서 귀동냥한 것이다.

봄철 파종과 모내기 철을 맞아 농사일이 한창 바쁠 때도 자녀들은 어김없이 나타나 늙은 부모의 농사일을 돕는다. 이 씨 내외는 지금도 열심히 농사를 짓고 있다. 벼농사도 10여 마지기 짓고, 밭에다 감자, 고추, 노지상추, 깻잎, 홍당무 등 돈이 될 만한 작물은 이것저것 가리지 않고 심는다. 하루 종일 깻잎이나 상치를 수확하여 박스나 봉지에 포장해서 길가에 쌓아 놓으면 수집상 트럭이 거두어 서울의 경동시장으로 내간다.

한번은 6월 땡볕에 노지재배한 상치를 따서 박스에 담고 있는 숙자 어머니에게 실없는 질문을 한 적이 있다.

"아주머니, 이렇게 하루 종일 따시면 얼만어치나 되요?"

"3만 원어치 따기도 힘들어요."

"요즘 아주머니들의 하루 품삯은 얼만데요?"

"먹여 주고 참 주고 3만 원은 줘야죠."

내 밭에서 내가 가꾼 상치를 종일 따서 버는 돈도 3만 원이고 남의 밭에 가서 일해 주고 받는 품삯도 3만 원이란다. 우리네 소농들의 농사가 다 이런 것이다. 이 씨 내외는 이렇게 모은 돈으로 4남매를 키우고 교육시키자니 등뼈가 휠 정도였을 것이다.

농사철이 되면 숙자 아버지의 경운기는 해뜨기 전부터 움직인다. 나는 잠자리에 누운 채로 뒤척이며 이제 나도 일어나서 텃밭에 나가 풀이라도 뽑아야 될까 보다 생각해 본다. 하지만 몸이 게으름을 부린다. 도회지 출신, 책상물림은 할 수 없다고 체념하면서 숙자네의 부지런함에 새삼 감탄을 하곤 한다.

경운기 소리가 아닐 경우에는 스쿠터 소리가 난다. 연로한 아버지가 집에서 멀리 떨어진 농토까지 걸어 다니는 것이 안쓰러워서 자녀들이 돈을 모아 선물한 스쿠터이다. 기계를 잘 다루는 이 씨는 스쿠터 타는 법을 열심히 배워서 이제는 능숙하게 몰고 다닌다. 가끔은 내외가 스쿠터를 함께 타고 나가기도 한다. 한번

은 스쿠터가 빗길에 미끌어져서 논으로 처박히는 사고가 있었
다. 이 씨는 한참 동안 병원 신세를 졌지만 퇴원한 후 아무 일도
없었다는 듯이 여전히 스쿠터를 씽씽 몰고 볼일을 보러 다닌다.

동네에 전원주택이 여러 채 들어서고 외지인들이 많이 들어왔
지만 이 씨 내외는 지금도 결혼할 때부터 사는 흙벽돌 오두막집
에 눌러 살고 있다. 그 집의 대지는 남의 땅이라 일년에 쌀 한 말
씩을 도지로 주고 있단다. 강가에 이 씨 소유의 밭이 있어서 집
을 옮겨지으려고 건축허가를 신청했지만 허가가 나지 않는다고
한다. 외지인들은 무슨 재주를 부렸는지 상수원 보호지역인 강
에 바짝 붙여 집을 잘도 짓건만 이 씨네 건축허가는 반려되기만
한다.

숙자네를 볼 때마다 가끔 나는 이 나라를 일으켜 세운 사람들
은 바로 이들이라는 생각을 한다. 맹목에 가까운 자기희생과 교
육열, 부지런함과 끈질김, 법이 없어도 살 수 있는 선량함, 이런
것들이 오늘의 우리를 있게 한 것이 아니겠는가.

행복의 잣대가 무엇인지 모르지만 숙자네집 사람들은 내가 보
기에는 행복한 분들이다. 그들은 아직도 오두막집에 살지만 화
목한 가정과 자손과 일터와 건강을 다 갖추고 있는 것이다. 누구
를 원망한 일도 무엇을 특별히 바라는 일도 없는 분들이다.

이제 다시 봄이 오고 은퇴를 모르는 농부 이 씨의 경운기가 아
침마다 딸딸딸 소리를 낼 때가 되었다. 나는 이 봄을 맞아 나이
테 하나를 더 보탠 이 씨가 계속 훌륭한 농군으로 남을 수 있도

록 더욱 건강하기를 마음속으로 빈다. 어쩌면 내가 그런 걱정을
할 필요가 없을지도 모른다. 70대 중반인 이 씨는 아직도 등이
꼿꼿하고 혈색이 좋은 동안(童顔)이다. 작은 몸집인 데다 부지런
하므로 늙음도 헤집고 들 틈을 찾지 못하는 모양이다.

(2004. 3.)

아름다운 오후

친구 L로부터 좀 이색적인 음악회에 초대받았다. 음악회의 이름이 'L선생님 정년퇴임 기념 제자음악회'다. 36년간 S고등학교에 봉직해 온 그의 퇴임에 즈음하여 이 학교 출신 음악인들이 자발적으로 모여 조직한 음악회다. 장소도 음악 공연장으로는 손색이 없는 여의도 영산아트홀이고, 출연자도 이름을 대면 알 만한 중견 성악인과 음악대학 교수 등 20여 명이나 되었다.

프로그램을 보니 1부는 12명의 성악가들의 독창과 피아노 독주, 2부는 두 쌍의 부부 성악가를 포함한 20여 명의 합창과 중창으로 되어 있었다. 레퍼토리의 맨 끝 곡은 L선생께 바치는 '스승의 노래'로 짜여져 있었다.

평교사의 정년 퇴임행사로는 좀 이례적인 행사다. 더구나 L은 그 학교에서 음악을 가르친 것이 아니라 국어를 담당했었다. 그러나 나는 별로 놀라지 않았다. L로부터 이런 음악회에 초대를 받은 것은 이번이 처음이 아니니까. 6년 전 그의 제자들은 롯데

호텔 대연회실을 통째로 빌려서 'L선생 교직 30주년 기념음악회'를 성대하게 연 적이 있었고, 나도 그 자리에 초대를 받아 참석했다. 행사의 1부는 8명의 중진급 성악가들로 짜이고, 2부는 큰 홀을 가득 메운 제자들의 부부동반 만찬행사였다.

제자들이라고 하지만 30년의 세월이 흐르는 동안 그들 중 여러 사람은 머리가 희끗희끗해지기 시작한 중년이었고, 또 음악대학에서 교편을 잡고 있는 사람도 많았다. L과 제자들 사이에 이처럼 수십 년간 사랑과 존경의 유대가 이어지고 있는 것을 나로서는 상당히 충격적이었다. 세상이 빨리도 바뀌고 쉽게도 달라지는데 이들 사제지간의 정이 한두 해도 아니고 몇 십 년씩 대를 물려가며 이어진다는 것은 분명 예사로운 일이 아니다. 살벌해지기만 하는 우리 중등교육 풍토에 이런 이방지대가 있다는 것이 신기했고, L에게 이런 숨겨진 면모가 있다는 것도 놀라웠다.

L과 나는 중고등학교의 동기동창이다. 알고 지낸 지가 반세기를 넘긴 셈이지만 각각 다른 분야의 사회생활에 몰두하던 중년기에는 만나지 못하다 50이 넘어서야 다시 어울려 즐겁게 술잔을 주고받는 사이가 되었다.

고교시절 시를 쓰던 다정다감한 문학 소년이었던 그는 졸업 후 Y대 국문과로 진학을 했다. 대학이 달랐던 나는 그를 오래 못 만났다가 졸업 후 논산훈련소에서 훈련병으로 다시 만났었다. 테니스로 단련된 건장한 체격, 용모가 단정한 그는 우리 중대에서

단연 눈에 띄는 존재였기에 즉석에서 소대 향도로 임명되었다.

그는 60년대 학원가를 뒤흔들던 이른바 6 · 3 사태(한일협정체결 반대 학생시위운동) 때 Y대 문과대학 학생회장을 했던 경력으로 사찰당국의 빨간 딱지를 달고 입대하였고, 그 때문인지는 몰라도 기초 훈련이 끝난 후 바로 후반기 교육대상으로 차출되어 혹독한 전투 훈련을 받고 월남으로 가게 되었다.

제대 후에 그가 학교에 취직이 되었다는 이야기는 들었으나 그를 만날 기회가 별로 없었다. 훗날 왜 교직을 택하였느냐고 물었더니 그는 학생운동의 빨간 딱지 때문에 다른 선택의 여지가 별로 없었다고 말했다. 60년대 말, 그렇게 첫발을 디딘 직장이 사립 S고등학교였고, 그 이후 그는 좌도 우도 돌아보지 않고 이 학교에서 36년을 봉직했다.

그가 이력서를 쓴다면 경력난은 단 한 줄로 끝난다. 경력난 못지않게 주민등록의 거주지 변동사항도 매우 간단하다. 그는 서울에서 살았던 우리 세대의 보통 사람이 치열하게 겪었던 직장과 직종의 이동, 신분이동, 주거이동 등 온갖 소용돌이에서 벗어나 강북 변두리 동네의 단독주택에서 살면서 교단을 지켰다.

교사로서도 그는 좀 남다른 데가 있었다. 그는 평교사를 가장 명예로운 것으로 생각했고, 어떤 보직도 마다하고 끝까지 평교사로 머물렀다. 또 학생들을 직접 지도하는 담임교사의 역할을 중시하여 36년 교단생활에서 30년간 담임교사를 맡았고, 그 중 진학지도를 하는 고3 담임을 23번이나 맡았다. 교육자는 늘 학생들 가까이 있어야 한다는 것이 그의 신조였다. 다른 보직은 고사하면서 학생들의 고민을 듣고 해결해 주는 상담실장을 6년이나 맡았던 것도 그런 신조에서였을 것으로 믿는다.

소년 시절부터 고전음악의 매니아였던 그는 음악에 소질이 있는 제자들을 아끼고 그들의 음악활동을 적극 장려했다. S고등학교 합창단은 음악 수준이나 전통에서 높은 평가를 받고 있는데, L은 합창반의 활동을 가장 적극적으로 뒷바라지하는 선생님이었다. 그는 또 음악의 길을 가려는 제자들에게 따뜻하고 자상한 상담자였다. 이런 일들이 수십 년 쌓이면서 음악을 하는 제자들과 L 사이에 따뜻한 유대가 이루어졌던 것이다. 그는 자기 제자들 중 음악계에서 활동하는 사람이 200명이 넘을 것이라고 했다.

내가 소년 시절부터 아는 바로 미루어 볼 때 그는 좋은 선생님이 될 소양을 많이 가지고 있다. 그는 문학과 음악을 좋아하는 로맨티스트였고, 남을 돕는 데 적극적인 따뜻한 사람이다. 거기에 더하여 학생운동과 월남전 참전에서 얻은 카리스마의 면모도 있다. 그는 세상을 밝고 긍정적으로 보는 사람이다. 우리는 그의 잘생긴 얼굴에 어두운 표정, 화난 표정이 실려 있는 것을 본 기억이 없다. 세상에는 천성적으로 도저히 욕을 못하는 사람이 있는데, L은 그런 부류의 사람이다. 이쯤 되면 사춘기의 남자아이들을 심복시킬 여러 요소를 고루 갖춘 셈이다.

우리의 고등학교 시절을 회상해 보면 알겠지만, 사춘기의 아이들은 악마들이다. 그들은 선생님들의 인품에 대하여 매정하리만큼 정확히 파악한다. 이들은 어떠한 위선과 허위의식도 단박에 간파한다. 본능적으로 그들은 도금과 순금을 판별해 낸다. 우리들이 경험을 돌이켜 보더라도 학교에서 진정으로 사랑과 존경을 받는 선생님이 된다는 것은 결코 쉬운 일이 아니다.

그러기에 L이 구축해 온 사제지간의 유대는 돋보이면서 아름다워 보인다. 평교사의 정년행사치고 이렇게 멋진 행사가 있겠는가?

그에 대한 이야기가 나온 김에 그의 정년을 더욱 화려하게 장식할 사건도 함께 소개하는 것이 좋을 것 같다. 조금은 통속소설과도 같은 일이지만, 그는 요즘 젊은 시절 진정으로 사랑했으나 합칠 수 없었던 여인과 다시 만나 잃어버린 시간을 되찾는 데 열중하고 있다.

어느 날 그는 친구들의 모임에서 '30여년 만에 다시 찾은 걸프렌드'라면서 중년을 갓 넘긴 여성을 소개했다. 오랫동안 혼자 살고 있던 그에게 아름답고 조신한 반려자가 생긴 것을 친구들은 모두 자기 일처럼 좋아했다. 그가 친구들에게 처음 풀어 놓은 사연은 이러했다.

두 사람은 L이 월남전에 참전하고 있을 때 전우의 소개로 알게 되어 편지를 주고받던, 이른바 펜팔이었다. L의 귀국 후 두 사람은 처음으로 만났으며, 정기적으로 데이트를 하면서 자연스럽게 결혼을 약속하기에 이르렀다. 그러나 여인의 어머니가 결혼을 극구 반대하였다. 5남 1녀의 장남에게 딸을 줄 수 없다는 것이었다.

마음이 모질지 못한 L은 장모될 분의 반대를 당차게 밀어제치면서 뜻을 관철하지를 못했다. 3년을 오간 밀고당기기 끝에 두 사람은 모두 마음의 상처를 안은 채 유행가에 나오는 갑순이와 갑돌이처럼 각각 다른 짝을 찾아 결혼을 했다.

L은 결혼을 하고 두 딸을 키우면서 이 땅의 가족제도가 장남에게 요구하는 엄청난 부담을 아무 불평 없이 낙타처럼 홀로 짊어지면서 살아왔다. 의무만 많고 권리는 별로 없는 삶이었다. 4명의 남동생과 1명의 여동생을 모두 결혼을 시키고, 지금 9순의 아버지와 8순의 어머니를 모시고 살고 있다. 오로지 집과 학교를 오가며 학생들과 가족을 돌보며 지낸 세월이다. 차도 없고 운전도 못한다. 자신을 위해 시간과 돈을 쓸 생각도 못했고, 그럴 기회도 없이 지낸 세월이었다.

여인은 결혼 후 두 아들을 낳았고, 캐나다로 이민을 갔다. 두 아들은 그곳의 명문대를 나온 엘리트로 지금 서울과 홍콩의 좋은 직장에서 일을 하고 있다. 어머니가 해야 할 일을 모두 잘 한 셈이다.

힘겨운 의무를 성실하게 해낸 두 남녀에게 운명의 신도 마침내 보답을 했다. 각각 홀몸이 된 두 사람을 다시 만나게 해 준 것이다. 2년 전에 다시 연락이 되어 만난 두 사람은 지금 가족과 친구, 그리고 제자들의 따뜻한 격려와 축복 속에서 자신들을 위해 시간과 돈을 쓰는 법을 익히고 있다. 두 사람은 제자들이 열어 주는 사은 음악회에서도 나란히 앉게 될 것이다.

　세속적인 척도로 본다면 L의 삶은 결코 '잘 나갔던' 삶은 아니다. 그러나 잘 나간다는 기준이 무엇인가? 잘 나간다던 사람들의 뒤안길이 초라하고, 때로 누추한 경우가 얼마나 많은가?

　그는 평생 섬기는 일과 베푸는 일을 성실히 해 왔고 진실한 사랑과 존경을 얻었다. 돈과 권력은 쉽게 변하지만 사랑과 존경은 변치 않는 것이다. 그의 인생은 이제 오후로 들어섰지만 그 오후는 아름답고 따뜻하다. 그래서 나에겐 평교사 L을 위한 사랑의 음악회가 대관식보다도 더 훌륭해 보인다.

(2005. 1.)

책의 계절에 생각나는 분들

아침저녁으로 더위를 밀어내는 가을바람을 느낀다. 더위를 핑
계로 멀리했던 책을 다시 펼칠 궁리를 해 보지만 한번 자리잡은
게으름을 쫓아내기란 쉽지 않다. 또 이 나이에 책을 읽어서 무얼
하겠느냐는 생각이 들 때도 있다. 그럴 때마다 생각이 나는 분들
이 있다.

정면돌파형 독서

실용성을 떠나 순수한 읽는 즐거움을 추구할 수 있는 나이에
도달했다는 것도 생각하기에 따라서는 축복이다. 내가 아는 L 선
생은 그런 즐거움을 추구한 분 중 하나다. 법대를 나오고 기자로
사회생활을 시작한 L 선생은 언론사 사장, 국회의원, 장관 등 화
려한 경력의 소유자다. 자신의 오랜 활동 영역은 정치였지만 경
제에 대해서 관심이 많았다. 세상 돌아가는 것을 정밀하게 알려

면 경제를 알아야 한다고 늘 입버릇처럼 말하곤 했다. L 선생은
자신이 경제에 대해 단편적으로 알고 있는 것은 좀 있지만 그것
이 체계적인 것이 못된다는 것도 잘 알고 있었다.

신문사 사장을 끝으로 은퇴한 L 선생은 경제학 공부를 시작하
기로 했다. 물론 어디에 활용할 목적으로 하는 공부는 아니었다.
세상을 좀 더 잘 이해하고 싶다는 것이 동기의 전부였을 것이다.
L 선생이 경제학 교재로 택한 책은 전 세계의 대학에서 가장 널
리 경제학교과서로 쓰인다는 폴 사무엘슨의 『Economics』이었
다. 돋보기와 영한사전을 무기삼아 L 선생은 800페이지나 되는
이 책을 시험공부를 하듯 도표와 각주까지 챙겨가며 정독을 했
다. L 선생이 두 번째 독파한 책은 사무엘슨의 책과 쌍벽을 이룬
다는 그레고리 맨큐의 『Principles of Economics』이었다. 부피
가 936페이지나 되고, 무게도 2킬로그램이나 되어 한손으로 들
기 버거운 책이다.

두 책 모두 경제학 전공 학생들도 완독한 사람은 많지 않을 정
도로 방대한 책이다. L 선생은 고등학교 시절부터 수재로 알려
졌던 분이긴 하지만 녹이 슨 영어실력을 되살려 가며 이 책을 읽
어 나가는 데는 엄청난 끈기가 필요했을 것이다.

L 선생의 거의 무지막지해 보이는 정면돌파 방식에 동료와 후
학들은 벌린 입을 다물지 못할 지경이었다. 그 후 L 선생은 무거
운 책은 제쳐 두고 영어 소설을 읽는 재미에 한동안 빠져 지내기
도 했다. 그 분의 서재는 책이 그리 많지 않고 언제나 방금 대청

소를 한 듯이 깔끔하게 정돈되어 있다. 다독이 아닌 정독을 하는 주인의 독서 스타일을 닮아 있다.

일선에서 물러난 사람들은 여유롭게 책을 읽을 수 있지만 현실과 접목이 안 된다는 아쉬움이 있고, 현실과 접목이 가능한 위치에 있는 사람은 바쁜 일상 업무에 쫓기느라 한가롭게 책을 읽을 수가 없는 경우가 많다. 평생 시간에 쫓겨 살았던 백상(百想) 장기영(張基榮) 선생은 책을 대신 읽어 주는 비서를 두는 기발한 방법을 생각해 낸 분이다.

책을 대신 읽어 주는 비서

백상은 필자가 한때 몸담았던 한국일보의 창간 사주였고 60년대에 경제기획원장관 겸 부총리를 지낸 분이다. 여러 모로 뛰어난 인물이었지만 지식과 정보에 대한 욕심이 엄청나게 많았던 분으로 기억에 남는다. 수습기자시험 최종면접을 하러 그 분의 집무실에 들어갔을 때 사방에 더미더미 쌓여 있던 책무더기가 아직까지 깊은 인상으로 남아 있다.

아호(雅號)가 말해 주듯이 백상은 늘 백 가지 생각을 동시에 하고, 백 가지 일을 한꺼번에 하는 분이었다. 그의 아이디어와 생각은 경제, 문화, 정치, 체육, 언론 등 안 통하는 분야가 거의 없었다. 백상의 분망한 두뇌 활동은 끊임없는 새로운 지식과 정보의 공급에서 활력을 얻어 왔다. 신문사와 정부는 지식과 정보

가 가장 대량으로 공급되는 곳이다. 그러나 백상은 그것만으로
는 만족을 못하고 책, 특히 일본의 신간 서적에서 새 정보와 지
식을 찾았다.

신문사 경영과 정부의 일로 늘 바쁘던 백상은 잠도 차 안이나
사무실에서 수돗물 사용하듯 필요할 때 조금씩 나누어 잘 만큼
바쁜 분이었다. 당연히 책을 읽을 시간이 별로 없었다. 그래서
낸 묘방이 기자 한 사람을 책 읽어 주는 비서로 임명한 것이다.

책 읽어 주는 비서역을 오랫동안 맡았던 사람은 총명하기로 소
문난 J 기자였다. 그의 역할은 일본의 신간 서적 중에서 중요한
것을 골라 먼저 읽고 내용을 파악하여 백상에게 구두로 브리핑
하는 것이었다. 백상의 일본 출장에는 늘 J 기자가 수행하여 신간
사냥을 했다. 백상이 아침에 일어나 샤워하고 옷을 입는 시간,
혼자서 식사하는 시간, 차량으로 이동하는 시간, 비행기를 타고
있을 때가 책에 대한 브리핑이 이루어는 시간이었다.

백상은 이런 간접 독서 방식을 통해 얻는 정보와 지식을 신문
사 경영과 정부업무에 유용하게 활용했다. 지식과 정보가 바로
실천과 연결된다면 성취감은 클 것이고 지식 획득욕도 그만큼
커질 것이다.

사족 삼아 덧붙이면 백상의 최종 학력은 고졸이었다. 선린상고
를 졸업하고 한국은행 전신인 조선은행에 들어갔지만 30대 중반
에 대졸 출신들을 제치고 부총재가 될 정도로 능력을 인정받았
었다. 책 읽어 주는 비서 J 씨도 최종 학력은 고졸이었다. 백상은

당시 다른 언론사와는 달리 한국일보 입사 자격을 고졸로 낮추었다. 덕분에 이름을 대면 모두 알 만한 언론계의 중진 여러 분이 고등학교 졸업장만으로 한국일보에 입사할 수 있었다.

학력과 간판을 지나치게 중시하는 사회 풍조 속에서 빚어진 가짜 학력 파동을 보면서 백상을 다시 생각하게 된다. 그리고 배운다는 것은 결국 책 읽기라는 믿음을 더욱 확인하게 된다.

"바쁘면 책 제목이라도 읽어라"

역시 언론계 출신으로 언론사 사장과 장관을 역임한 L 선생은 바쁘면 책의 제목만이라도 읽는다는 독특한 독서법을 보여준 분이다. 그 분의 방은 늘 잉크 냄새가 채 가시지 않은 일본의 신간들로 가득 차 있었다. 책 읽을 시간도 마음의 여유도 없더라도 책을 사다 서가에 꽂아 놓고 책 등의 제목만이라도 읽는다는 것이다.

제목을 읽는 것만으로도 새로운 정보와 지식에 대한 암시를 얻을 수 있다는 주장이다. 거듭 이런 일을 하다 보면 불현듯 내용이 궁금해져서 목차를 열어 읽어 보기도 하고 더 나아가서 관심 있는 항목의 본문을 일부라도 읽어 본다면 그것으로 그 책의 사명은 달성된다는 것이다. 독서가 '독파'가 아닌 '검색'으로 바뀌어가는 요즘 추세와 비교한다면 시대를 앞서갔던 접근법이다.

책값 지출이 늘어난다는 단점을 빼고는 이런 접근법도 괜찮다고 생각한다. 혹시 가족이나 친구 중에서 이렇게 모아 놓은 책 가운데서 보물을 발견한다면 더욱 다행한 일이다. 좋은 책을 모아 두면 언젠가 제 주인을 만나서 제 값을 한다.

이탈리아의 석학 움베르토 에코를 만든 것은 인쇄공인 할아버지가 모아 두었던 200여 권의 이탈리아 르네상스기의 고전 서적이었다. 영민한 손자 에코는 어렸을 때 이 책을 모두 독파하고 학문에 뜻을 두게 되어 오늘의 대가가 되었다.

누구에게나 이런 영특한 후손이 태어날 가능성이 있다. 그것을 믿고 당장은 안 읽더라도 좋은 책이라고 생각되면 사다가 모아 두자. 시간이 없으면 책 제목만이라도 읽으면서…….

(2007. 9.)

흙과 생명을 사랑한 사람

흙일을 멈추어야 할 계절이 되었다. 대지는 얼어 붙고 흙에 목숨의 뿌리를 대고 있는 것들은 지금 새봄을 기다리며 긴 겨울잠에 들어갔다. 멀리 했던 책들을 가까이 할 계절이다. 무슨 책을 읽을까?

나이가 들면서 소설 읽기에 점점 흥미를 잃어 간다. 픽션보다 더 마음을 끄는 것은 자신의 삶에 대한 고백을 담은 자서전이나 전기, 또는 이보다 가볍게 쓴 '자전적 에세이'다. 거인과 고수들의 삶에 대한 이야기를 읽으면서 왜소한 나 자신의 삶을 반추해 보는 것이다. 그 중 흙과 더불어 사는 분들의 이야기가 관심을 끈다.

서가를 훑어보다 전에 한번 읽었던 박경리 선생의 『원주통신』을 뽑아 들었다. 20년 전에 나온 136쪽의 얇은 책이다. 『토지』 4부 집필에 전념하기 위해 "어떠한 것에도 사로잡히지 않는 시간과 공간"을 갖기 위해, "자투리 같은 시간이 아니라 두루마리 같은 시간"을 쓰고 싶어서 원주로 내려가 살던 시절 쓴 글 모음이

다. 단숨에 읽었다. 『원주통신』은 장강과 같은 박경리 문학에서
는 잊혀진 작은 샘 정도일 것이다. 그러나 이 책은 작가를 이해
하는 데는 더 없이 소중한 책이 아닐까 생각한다. 나는 무엇보다
도 이분이 땅을 다루고 생명을 다루는 흙일에서도 보통 사람이
따라갈 수 없을 만큼 치열하여 그저 탄복할 따름이다.

가령 이런 대목이 있다.

"작년에는 고추를 늦게 심어 수확이 적었다. 해서 금년에는 서
둘렀고 모종이 자라기가 바쁘게 그동안 장만해 두었던 고춧대를
매일 1백 개, 혹은 50개쯤 세워서 묶어 주는 데 며칠이 걸렸다.
가랑비를 맞으며 1백 개 이상 고춧대를 세우는 아침이면 허리가
아팠다."

이런 정도의 농사라면 저명 작가 선생님이 집필 틈틈이 하는
흙일이 아니라 전업 농가 규모의 일이다. 또 이런 대목도 있다.

"인부를 얻으면 2~3일에 끝날 일을, 나무를 다듬고 자르고 하
다 보면 열심히 하느라 하는데 하루에 열 그루 정도 거름 넣기가
힘이 든다."

거름에 쓸 닭똥을 경운기로 여덟 번이나 실어 날라다 질퍽거리
는 닭똥을 뭉쳐서 풀과 섞어 허리가 휘도록 퇴비를 만드는 이야
기도 나온다.

손자들을 키우면서 손가락이 퉁퉁 붓고 손등이 코끼리 가죽 같
이 될 때까지 풀을 뽑고 돌을 나르고 땅을 만지면서 생명 경외와
상생의 원리를 실천하는 초로의 작가 선생님의 모습은 상상만

해도 아름답다. 몸은 고되지만 기쁨과 즐거움도 그만 못지않았을 것이다. "(생명을) 만들고 길러 주고, 반복되는 행위에서 희열을 느끼는 순간 나는 자유로움을 깨닫고 해방이 되는 것"이라는 구절이 이를 설명한다. 그런 깊은 희열이 집필의 중압감으로부터 벗어나게 했고, 토지의 나머지 부분을 써 내는 데 큰 힘이 되었을 것이 아니었을까 생각해 본다.

건전한 생각은 몸을 움직일 때 나온다고 했다. 누워서 생각하는 것보다 걸으면서 생각할 때 더 견실한 결과가 나온다고 한다. 그것을 박경리 선생은 이렇게 설명한다.

"내 경우 일을 한다는 것은, 글을 쓰는 것도 포함하여 움직임과 생각의 평행(平行)이다. 손은 손대로 움직이고 생각은 생각대로 움직인다. 흐트러진 것을 한 곳에 모으고 응고된 것은 풀어 헤치고 모자라는 것은 불러오고 넘치는 것은 잘라 버리고 하여 실재(實在)에 접근해 보려는 과정으로 생각된다. 그리고 심신일체의 가능을 모색하는 것이기도 한 것 같다"

박경리 선생과 더불어 우리 문단에 또 하나의 산맥을 이룬, 그리고 철저히 자기관리를 하는 분들이라는 점에서 공통인 박완서 선생의 자전적 에세이집 『두부』도 다시 읽었다. 아차산록 아치울 마을에 이주해 살면서 뜰과 마을과 산에 있는 온갖 살아 있는 것들과 교감하며 쓴 정감 넘치는 글들이 마음을 끈다.

그 중 박선생이 유년 시절 살던 집의 뒤란을 장식하던 분꽃, 과

꽃, 봉숭아, 백일홍, 한련, 꽈리, 옥잠화 등 재래종 화초들을 열심히 모아다 복원하는 이야기가 인상적이다. 트럭 아저씨로부터 뿌리채 뽑혀 흙까지 싱싱한 푸성귀를 사서 손에 흙을 묻혀 가며 손질하노라면 같은 흙을 묻혔다는 걸로 그걸 씨 뿌리고 가꾼 사람들과 연대감을 느끼게 될 뿐 아니라 흙에서 낳아 자란 그 옛날의 시골 계집애와 현재의 나와의 지속성까지를 확인하게 된다는 대목도 있다.

아치울에서 1930년대의 고향마을을 보고자 했고, 그 때를 옛 꽃으로나마 재현하고자 하는 것은 성장기에 대한 박완서 선생의 향수가 얼마나 깊은지 짐작케 한다. 그런 향수가 박완서 문학의 주요 컨텐츠이자 흡인력의 원천이 아닐까.

「향수」의 시인 정지용도 농사일을 사랑했다. 지용이 납북되던 해인 1950년 봄에 국도신문에 쓴 글 「보리」에 이런 구절이 있다.

"나는 평생에 흙을 갈고 밑거름 웃거름 주고 씨를 뿌리고 매고 유유하게 대자연의 섭리에 일임하는 마음의 여유를 배웠다. 비가 흐뭇이 젖은 위에 땅을 쪼기고 솟아오르는 싹을 볼 때 평생 몰랐던 놀라움과 기쁨을 발견했다. 제일 먼저 나오는 것이 무 배추, 다음다음 나오는 것이 상추 쑥갓 깻잎 원두 올콩 옥수수 호박 오이 등…… 나오기 몹시 기달리우는 것이 고추 감자싹들이다."

지용은 쇠똥을 충분히 썩히어 밑거름을 주면 몹시 가물 때도 수분을 유지할 수 있고, 아침저녁으로 쌀뜨물을 토마토 모에 부어 주면 열매가 익어 맛이 단 것을 알 정도로 흙일 재미에 빠져 있었던 것 같다.

이 글은 그가 1947년과 48년 사상문제로 경향신문사 주간직과 이화여자대학교 교수직을 차례로 사직하고 녹번동의 초당에서 농사와 서예로 소일하던 시절에 쓴 것이다. 6·25 전쟁이 나던 그해이다. 지용은 그해 7월 좌익계 제자들에 의해 연행되어 납북되었다. 시대의 격랑은 그가 흙과 더불어 초야에 묻혀 사는 것조차 허용하지 않았다.

흙과 더불어 사는 분들의 이야기를 쓰다 보니 모두 문인들의 이야기가 되었는데, 여기서 빼놓을 수 없는 또 한 명의 작가와 책이 있다. '소설가 윤후명의 식물이야기'라는 부제가 달린 『꽃』(문학동네, 2003)이라는 책이다. 뛰어난 문장가와 해박한 아마추어 식물학자와 재배가를 겸한 사람만이 쓸 수 있는 글들이 담겨 있다. 윤 작가는 몇 년 전 양평에 화비루(化飛樓)란 이름의 집필실을 마련하고 그곳에서 주로 시간을 보낸다고 들은 바 있다.

윤 작가가 종로 5가의 야생화 꽃장수와 10년을 넘게 교류하며, 사다 심은 꽃이 필요 이상으로 늘어나면 꽃장수에게 되돌려 주기도 했다는 꽃장수의 코멘트가 책 뒷장에 실린 것을 보면 꽃과 식물에 대한 그의 집념이 매니어 수준임을 말해 준다.

"미쳐야 미친다"는 말처럼 매니어의 경지에 들어서야 통찰력이 생기는 법이다. 그러나 우리 전통은 완물상지(玩物喪志)라고 해서 매니어를 경계해 왔다. 이에 대하여 조선조 세종조 때 시·서·화에 모두 통달한 선비 강희안(姜希顔)이 『양화소록』(養花小錄)에서 뼈있는 반론을 내놓았다.

어느 날 그가 등을 구부린 채 정원에서 흙을 북돋우어 꽃나무를 심느라 조금도 피곤한 줄 모르고 일을 하는데 그를 찾아온 손님이 "당신은 몸을 지치게 하여 눈을 즐겁게 하고 마음을 미혹하게 함으로써 외물(外物)이 시키는 대로 하니 어찌된 일입니까? 마음이 쏠리는 것을 뜻(志)이라고 하는데, 어찌 그 뜻이 손상되지 않겠습니까?"

이 말에 대하여 강희안은 이렇게 대답했다.

"비록 풀 한 포기 나무 한 그루의 미물이라도 각각 그 이치를 탐구하여 그 근원으로 들어가면 그 지식이 두루 미치지 않음이 없고 마음은 꿰뚫지 못하는 것이 없으니, 나의 마음은 자연스럽게 사물과 분리되지 않고 만물의 겉모습에 구애받지 않게 됩니다. 그러니 어찌 뜻을 잃어버림이 있겠습니까."

작가 윤후명은 같은 맥락에서 이렇게 말한다.

"꽃의 빛깔, 향기, 모습에 황홀하다. 아울러 생명의 신비에 몸을 떨지 않을 수 없다. 이 원초적인 느낌이야말로 우리의 태어남의 의미로까지 이어진다. 그러므로 꽃 한 송이에서 우주를 본다는 것은 과장이 아니다. 이것이 내가, 우리들 사랑이 우주에 닿아야만 완성된다고 믿는 까닭이다."

(2007. 1.)

플레밍튼 할머니

사람은 평생 동안 수많은 사람과 인연을 맺고 지낸다. 어떤 책에 보니 근대화 이전의 사회에서 보통 사람이 평생 사귀는 사람은 평균 200명 정도라고 했다. 그러나 도시화 산업화에 이어 지구화가 진행되고 있는 현대 세계에서 사람들이 알고 지내는 사람은 수천 명에서 수만 명까지로 늘어났을 것이다. 그러기에 쉽게 만나고 쉽게 헤어지고, 금방 잊혀지는 것이 오늘날 인간관계의 한 특성일 것이다. 그러나 물리적인 시간과 공간을 달리하면 서로를 쉽게 잊기 마련이다. 그러나 누구에게나 쉽게 잊혀지지 않는 사람이 있다. 70년대 중반, 내가 아직 30대일 때 만났던 한 서양 할머니가 내게는 그런 분이다.

그 할머니의 이름은 이네즈 플레밍튼이었고, 캐나다의 남동쪽 지방인 뉴 브런즈위크에서 왔다고 했다. 이름도 생소한 이 고장은 숲과 바다와 강이 아름다운 고장이지만 겨울에는 춥고 황량한 곳이라고 들었다. 땅 넓이는 남한의 3분지 2 정도 크기지만 인구는 75만 명에 불과하다니 인총이 어지간히 드문 곳인 듯하다. 할머니가 살던 주의 수도인 프레데릭튼은 인구가 5만 명에 불과한 작은 도시였다.

그 분이 한국에 온 것은 서울의 한 저명한 종교단체에서 자원봉사를 하기 위해서였다. 한국에 오기 전까지는 프레데릭튼에 있는 작은 대학의 직원으로 일하다 나중에 학장의 부인이 되었고, 남편과 사별한 후 혼자 지나다가 60대 중반에 한국으로 건너왔던 것이다. 아내가 그 종교단체의 일을 하고 있었기 때문에 우리 가족과 할머니의 인연은 시작되었다. 하얀 머리에 눈이 파란 할머니는 다소 여윈 체구에 목소리가 나직나직 하였고 거동에 기품이 있었다. 우리 집에 몇 번 놀러 왔었고, 우리 집 아이들을 무척 귀여워했다.

사람들은 그분을 친근하게 '할머니'라고 불렀다. 우리 집에서는 '플레밍튼 할머니'로 통했다. 나중에는 그 분도 편지 말미에 서툰 한글로 '할머니'라고 서명을 하기도 했다.

작은 벽지 도시에 살던 할머니에게 인구 천만을 육박하는 서울과 서울 사람들의 삶은 모두가 경이의 대상이었다. 서울처럼 큰 도시를 생전 처음 본다고 했다. 그러나 할머니는 겸허한 마음으로 한국인과 한국의 보통사람들의 생활을 받아들이는 것 같았다. 좋은 크리스천이었고 캐나다 사람다웠다. 좋은 크리스천이라고 한 것은 할머니가 늘 주변 사람을 사랑하고 베풀려고 노력했다는 뜻이고, 캐나다 사람다웠다는 것은 미국 사람에게서 흔히 볼 수 있는 대국의식이나 우월의식이 없었다는 뜻이다.

무슨 심오한 사회개혁사상을 가진 분은 아니었지만 인권과 민주화문제, 기아와 빈곤퇴치문제, 환경문제 등에 대해서는 단단한 신념과 사명의식을 가지고 있었다. 예를 들자면, 언젠가 할머니는 한국인들이 쇠고기를 국으로 끓여 먹는 것을 찬양한 적이 있다. 서양인들이 스테이크로 쇠고기를 과다하게 소비하는 것은 옳은 일이 아니라는 것이다. 아시아, 아프리카에 기아에 허덕이는 사람들이 많은데 많은 곡물을 먹여 키운 쇠고기를 한 사람이 덩어리째 먹어 치우는 것은 부도덕한 일이라는 것이다. 한국 사람들처럼 국을 끓여서 여럿이 나누어 먹는 것이 바람직하다는 것이다. 지금도 나는 쇠고기를 먹을 때마다 할머니의 쇠고기 이야기가 떠오른다.

할머니는 한국에 오기 전에 한국을 잘못 알고 있었던 것을 항상 미안하게 생각하였다. 서울의 거리 아무데서나 언제나 신선한 우유와 계란을 살 수 있으리라고는 상상하지도 못했다는 것이다. 아마도 할머니의 시골에는 동란 직후 황폐하고 빈곤한 한국의 모습만 소개가 되어 있었던 것 같다.

할머니는 또 서울의 웬만한 곳은 걸어서 다녔다. 당시 신촌에서 사셨는데 사무실이 있는 장충동까지 걸어서 출퇴근을 했다. 한번은 서울 도심의 길거리는 걷기에 안전하지 못하다고 아내가 걱정하자 할머니는 "나는 그렇게 느끼지 않는다. 그러나 혹시 내가 길거리에서 무슨 일을 당하면 내 몸을 세브란스의대에 연구

용으로 기증해 달라."고 했다.

검소하게 살면서 아낀 돈으로 어려운 사람들을 도왔다. 그 종교단체에서 일하던 사람들 여럿이 당국에 의해 탄압을 받고 투옥이 되는 어려운 시대였기에 그 도움은 더욱 소중한 것이었다.

나는 그때 할머니로부터 선물로 받은 책 한권을 지금도 소중하게 간직하고 있다. 『Canadian Wildflower』란 사진책이다. 캐나다의 유명한 야생화 사진작가 매리 퍼거슨과 리챠드 손더스가 찍은 캐나다 자생식물 사진집이다. 내가 야생화에 관심이 많다는 것을 알고 캐나다에 다녀 오시는 길에 일부러 구해다 준 책이다.

이 책은 그 후 나의 생활을 바꾸어 놓았다. 시간만 나면 카메라를 들고 야생화 탐사를 하게 만든 것이다. 나도 이 책에 나오는 만큼 훌륭하게 아름다운 한국의 야생화 사진을 찍고 싶었기 때문이다. 1995년부터 금년까지 12년간 우리 내외가 한국의 야생화로 캘린더를 만들게 된 동기도 이 책에 있었다. 그 책에 나오는 수준의 아름다운 사진을 찍는 것은 아직도 이루지 못한 소망으로 남아 있기는 하지만,

할머니는 80년대 초 한국에서의 봉사를 마치고 캐나다 고향으로 돌아갔다. 70대의 노령이면서도 고향에서 일주일에 한 번씩 가난한 사람들에게 음식을 제공하는 수프 키친 봉사활동을 하고, 중국의 민주화운동을 돕는 활동을 하고 있노라는 편지가 왔다.

우리 집 벽에는 할머니가 귀국하기 전에 선물로 주고 간 그 분

의 고향 뉴 브런즈위크의 아름다운 호수를 그린 풍경화 한 점이 걸려있었다. 할머니의 집 부근 호수에서 시동생이 그린 것이라고 했다. 그 그림을 볼 때 마다 우리 내외는 그분을 생각하고 언젠가는 그곳에 한번 가보고 싶다는 생각을 했다. 때가 오면 미국 동부를 두루 구경하면서 그곳에도 가보자고 아내와 의논을 맞추기도 했다. 그런 기대와 희망에서 언젠가의 서신에서 "한번 놀러 가겠다"는 식으로 표현이 되었던가 보다. 그것은 "한번 놀러 오세요", "한번 들리겠습니다" 고 흔히 우리 한국 사람들이 인사삼아 말하는 빈말이었지 확정된 계획은 아니었다. 그러나 할머니는 우리 내외가 언젠가는 브런즈위크를 방문할 것으로 믿었던 것 같다.

노인들로부터 받는 크리스마스 카드는 당사자가 살아 있다는 생존신호이기도 하다. 할머니와의 서신과 크리스마스 카드 교환은 우리 가족이 독일에 가서 4년간 살던 때와 88년 말 귀국 후에도 계속되었다. 95년도에 받은 크리스마스 카드를 보면서 우리는 할머니의 건강에 빨간 신호등이 켜졌다는 것을 느꼈다. 글이 두서가 없고 중언부언하는 것이 총기가 많이 흐려진 것이 분명했지만, 우리 내외를 당혹스럽게 만든 것은 "이곳에는 언제 올 것이냐"는 말이었다. 편지에는 머리가 하얀 비슷한 연배의 할머니 네 분이 찍은 사진도 들어 있었다. "한국에서 찾아올 할머니의 '친구'를 같이 기다리고 있는 친구들" 이라는 설명이 써 있었다. 할머니는 우리를 기다리고 있었던 것이다.

슬하에 친자식이 없었던 할머니는 노경에 들어 삶이 외로웠는지 모른다. 우리 내외는 그곳에는 당분간 못 갈 것이라고 딱 잘라 편지를 하는 것은 좀 심하다는 생각에서 적당히 얼버무려서 답장을 했던 것 같다. 사실 언젠가는 한번 가 보리라는 생각을 버린 것도 아니었다.

97년에도 우리 내외가 만든 한국의 야생화로 만든 캘린더를 편지와 함께 붙였지만 답장은 오지 않았다. 건강이 아주 나쁘거나 변고가 있는 것이 분명했다. 답장은 이듬해 1월 말께 받았다. 할머니의 변호사에게서 온 것이었다. 거기에는 이렇게 적혀 있었다.

"우리들의 친구 이네즈 플레밍튼 부인이 1997년 1월 15일 심장마비로 돌아가셨다는 소식을 전하게 된 것을 유감으로 생각합니다. 그분은 뛰어난 여성으로 캐나다와 세계 여러 나라의 많은 지인들로부터 애도를 받았습니다."

우리 내외는 그 편지를 읽고나서 한동안 망연했다. 그리고 그분의 생전에 한번 그곳을 찾아간다는 약속을 못 지킨 것에 대해 무거운 죄책감을 느꼈다. 세월이 한참 지났지만 지금도 나는 선물로 받은 그 책을 펼칠 때마다 마음이 몹시 무겁고 죄송함을 느낀다.

(2005. 7.)

어머니, 그 위대한 힘

미국 프로 풋볼계의 새 영웅 하인즈 워드를 온갖 역경 속에서 훌륭하게 키운 한국인 어머니 김영희 씨의 이야기는 어머니의 위대한 힘을 다시 확인케 해 준다. 에이피 통신은 워드를 울리려면 어머니 이야기를 하면 된다고 보도했다. 그가 스포츠 일러스트레이트 잡지의 피터 킹 기자에게 말한 어머니에 대한 언급을 그대로 옮겨 본다.

"나는 서울에서 태어났어요. 어머니가 한국인입니다. 아버지는 군에 있었죠. 한 살 때 미국으로 왔는데 부모님이 이혼을 했습니다. 아버지는 재혼을 했는데 법원이 나와 어머니가 함께 사는 것을 막았어요. 어머니가 영어를 못하고 생계 대책이 없기 때문에 부적격 보호자라는 것이었습니다. 그래서 어려서는 아버지와 계모 밑에서 자랐어요."

"초등학교 2학년 때 엄마와 함께 살게 되었지요. 우리 어머니 대단한 분입니다. 직업이 세 개나 되었어요. 애틀란타 공항에서

접시를 닦았고, 호텔 청소를 했고, 청과물 상점 점원이었지요. 새벽 2시까지 일하시고 집에 돌아와서는 아침에 공항으로 일하러 가시기 전에 저의 아침식사를 차려 주셨습니다. 공항 일에서 돌아오셔서는 다음 일터로 가기 전에 학교에서 돌아온 제가 먹을 수 있도록 점심을 차려 놓습니다. 어머니가 제게 해 주신 이 모든 것을 저는 갚지도 못했고 결코 다 갚을 수도 없을 것입니다."

"(어머니의 일관된 가르침은) 겸손입니다. 이런저런 일에 성공을 거두고 시합에서 이기고 할 때 마다 어머니는 '그런 운을 만난 것을 고맙게 생각해라. 겸손해야 한다' 고 말씀하십니다. 어머니는 지금도 고등학교 카프테리아에서 일하십니다. 가끔 어머니와 함께 점심을 먹으러 그곳에 가는데 사람들은 '여보게, 여기서 자네 어머니만큼 열심히 일하는 사람은 없다네.' 라고 말합니다. 저는 그런 말을 들으면 자랑스럽습니다. 어머니는 늘 그렇게 살아 오셨어요. 어머니는 정부가 주는 생계보조금을 받으려 하지 않았어요. 어머니는 아무것도 거저 받는 것이 없어요. 프로 풋볼을 하는 저도 마찬가지입니다. 아무도 저에게 거저 베풀지는 않습니다."

영어를 못하여 숙제를 도와 줄 수 없는 어머니를 아들은 부끄러워했다. 어머니가 학교에 데려다 주기 위해 아들을 태우고 가는데 아들은 차창 밖의 급우들에게 들키지 않으려고 시트 위로 몸을 숙였다. 그 순간 아들은 어머니의 눈에 맺힌 이슬을 보았다. 그 순간부터 아들은 달라졌다. 어머니를 자랑스럽게 생각하게 된 것이다. 세상에 가장 강한 것이 어머니의 눈물이 아니겠는가.

 운동을 잘하는 워드가 고교를 졸업할 무렵 스카우트 제의가 들어왔으나 어려운 살림을 마다하고 아들에게 "너는 꼭 대학에 가야한다"고 한 것도 한국의 어머니답다. 그는 고교 졸업 때 남학생 중에서 1등이었고 대학에서도 공부를 잘 한 것으로 전해진다.

 워드는 늘 웃는 얼굴을 보여 주는 성격이 좋은 선수로 칭찬을 받고 있다. 낙천적이고 겸손한 데다 동료애가 뛰어난 선수라고 미국 언론은 쓰고 있다. 그런가 하면 자존심과 투지도 강한 선수로 알려져 있다. 결손가정에서 이런 성품을 키워 냈다는 것, 한국인 어머니를 자랑스러워하는 것, 이것은 워드가 거둔 또 하나의 위대한 승리라 할 것이다. 인격의 승리는 경기에서의 승리보다도 더 위대할 수 있다.

 워드 모자의 이야기를 읽으면서 나는 몇 명의 훌륭한 어머니를 머리에 떠올렸다. 대뜸 먼저 생각난 것은 얼마 전에 읽은 『The Color of Water』란 책에 나오는 어머니이다. "백인 엄마에 대한 흑인 아들의 찬가"란 부제가 붙은 이 책은 2년간이나 뉴욕 타임즈 베스트셀러 목록에 올랐던 수퍼셀러였다.

 저자는 저명한 언론인이자 뛰어난 뮤지션인 제임스 맥브라이드이다. 그는 흑인 일색의 할렘가에 살던 어린 시절 늘 백인 엄마가 부끄러웠다. 남들처럼 그의 엄마도 흑인이었으면 좋겠다고 생각했다. 어린 아들은 "엄마는 왜 다른 사람과 달라요?"라고 묻는다. 엄마는 "난 피부색이 좀 엷지"라고 대답한다. 아들은 "그럼 나는 무엇이냐"고 묻는다. 엄마는 그냥 "너는 사람이지"라고 대답한다. 아들은 "그러면 하느님은 무슨 색깔이냐"고 묻는다. 엄마는 "하느님은 물빛이지"라고 대답한다. 책의 제목은 여기서 유래한다.

작가 맥브라이드는 이처럼 어린 시절부터 자기 정체성의 문제 때문에 많은 고민을 하고 방황을 한다. 어머니는 첫 번째 흑인 남편과 결혼하여 8남매를 낳았고, 두 번째 흑인 남편과의 결혼에서 다시 4남매를 낳았다. 두 남편 모두 일찍 저 세상으로 떠난 후 어머니는 누구의 도움도 받지 않으면서 밤낮으로 일하여 12남매를 키워낸다. 백인 친척과 소식을 끊고 살아온 어머니의 과거는 미스테리였다. 어머니는 결코 자신의 과거를 말하려 하지 않았다.

작가는 성인이 된 후 어머니를 설득하여 그때까지 함구하던 과거를 털어놓도록 하였다. 폴랜드의 유태인 집안에서 태어난 엄마의 어린 시절은 웃음이라고는 없는 암울한 삶의 연속이었다. 미국 국적을 얻기 위해 신체장애자인 할머니와 결혼한 할아버지는 명색은 랍비였지만 속물이었다. 흑인 동네에 상점을 차려 놓고 흑인들을 속여서 돈을 벌고, 불구인 아내를 버리고 새 여자를 얻는다. 흑인 청년과의 연애와 임신으로 엄마는 할아버지로부터 유태교 식으로 의절을 당하고 집에서 쫓겨난다. 기독교로 개종한 엄마는 남편과 함께 할렘에서 개척 교회를 세우고 새 삶을 개척한다. 이러한 엄마의 숨겨진 라이프 스토리가 주인공이 살아온 이야기와 번갈아 전개되면서 이야기가 펼쳐진다.

범죄와 각종 일탈이 일상적인 삶이 되어 있는 할렘에서 백인 엄마는 12명의 흑인 자녀를 모두 훌륭하게 키웠다. 12명의 자녀 중에는 3명의 박사와 6명의 석사, 12명의 학사가 나왔고, 자녀들이 취득한 학위는 모두 25개나 된다. 12자녀가 모두 대학을 졸업한 후 엄마도 템플대학에 진학하여 65세에 학사 학위를 따서 사회봉사자와 도서관 사서로 일을 했다. 온갖 차별과 편견 속에서도 굽히지 않고 위대한 인간 승리를 거둔 주인공 어머니가 세상에서 가치를 둔 것은 오직 두 가지뿐이었다. 그것은 '교회와 학교'였다.

어머니는 강하고, 끈질기다. 결코 쉬이 꺾이지 않는다. 이런 생각을 하면서 머리에 떠올린 또 한명의 어머니는 재미 한국인 작가 이혜리(미국명 Heily Lee)가 쓴 『할머니가 있는 풍경』(원제:*Still Life with Rice*)의 주인공 백홍용 여사다. 글 솜씨가 좋은 외손녀 덕분에 백 할머니의 감동적인 이야기가 세상에 널리 알려졌다. 혹은 이처럼 극적인 삶을 가진 외할머니를 두었기에 외손녀의 작가 데뷔가 수월했을 것이다.

평양의 구식 가정에서 태어난 백 할머니는 "그릇 10개도 제대로 세지 못해야 후덕한 여자"라는 부모님의 완고함 때문에 학교 문턱에도 가 보지 못했다. 나이 들어 세 살 연하의 남편과 중매

결혼을 했지만 남편은 심약하고 생활능력도 없었으며, 가끔 외
도로 아내를 괴롭힌다. 젊은 새댁은 살아가기 위해 거친 세상과
억척스럽게 몸싸움을 해야만 했다. 일제 말기라 모두가 살기 어
려웠던 시절, 새댁은 생활능력이 없는 남편과 아이들을 데리고
살 길을 찾아 중국 대륙으로 건너간다. 먹고살기 위해 참기름 장
사도 하고 심지어 아편장사도 했다. 한때는 식당을 차려 큰돈을
만지기도 했다. 해방이 되어 귀국했지만 기다리고 있는 것은 전
통 대가족의 며느리가 겪어야 하는 견딜 수 없는 멍에와 유산층
과 기독교인들이 겪어야 하는 공산당 정권의 정치적 탄압이었
다. 1·4 후퇴와 함께 일가족은 피난길에 나선다.

　남편과 장남이 먼저 몸을 피했기 때문에 혼자서 갓난아이를 업
고 두 아들의 손목을 양손에 나누어 잡고 머리에는 피난 보따리를
이고 장녀를 앞세워 가는 형극의 피난길이었다. 업은 아이를 버리
고 갈 생각이 들 만큼 힘든 남행길은 부산까지 이어졌다. 강철도
녹여 낼 어머니의 힘이 아니면 해낼 수 없는 일이었을 것이다.

　부산에 도착하여 수소문 끝에 남편은 찾았지만 큰 아들 용일은
북한에 남게 된 것을 알게 되어 억장이 무너지는 아픔을 겪는다.
뒤이은 남편의 죽음은 할머니를 거의 폐인의 경지로 몰아넣을
만큼 충격을 주었지만 그는 신앙으로 이를 극복하고 다시 일어
난다. 할머니는 중국에서 배운 찰마요법이란 민간의술로 성공하
여 일가를 일으켜 자녀들을 모두 훌륭히 키웠다. 정부가 이를 유
사의료행위라고 법으로 금지를 시키자 할머니는 미국으로 이주

하여 먼저 와 있던 딸 가족과 합류한다.

모든 것을 이루고 행복한 노년을 맞은 할머니지만 북에 두고 온 아들만 생각하면 가슴이 무너지는 아픔을 느낀다. 할머니는 미국에 와서도 KBS 이산가족찾기 등을 통해 백방으로 북에 두고 온 아들을 찾는다. 1991년 마침내 북에서 연락이 왔다. 얼굴을 본 적이 없는 친손녀의 편지를 통해 아들 용일 씨가 살아 있다는 소식이 전해 진 것이다.

소설은 여기서 끝난다. 그러나 뜨거운 모정은 그대로 끝나지 않았다. 살아 있다는 편지를 받은 후 6년 동안 할머니 일가는 백방으로 손을 써서 마침내 용일 씨의 탈북을 성사시켰다. 1950년 16세의 홍안의 소년으로 어머니 곁을 떠난 용일 씨는 47년 만인 1997년 환갑이 넘은 중늙은이가 되어 어머니와 상봉하게 되었다. 백 할머니는 아들을 만나는 소원을 풀고 행복한 노년을 보내다 2002년 별세했다.

가혹한 우리 근대사에서 가장 큰 아픔과 시련을 겪은 것은 어머니들이었다. 그러나 그 시련은 어머니들을 강하게 만들었다. 백 할머니는 손녀에게 "우리 집안에서 여자들이 남편을 지탱해 왔다는 것은 하느님만이 아신다"고 말한다. 한국 사회에서는 역시 어머니가 기둥이라는 통념을 다시 확인케 해 준다. 하인즈 워드의 말대로 우리는 이런 어머니의 은혜를 결코 다 갚을 수 없을 것이다.

(2006. 3)

평양에서 만난 근원의 그림

  평양 중심가 개선문 부근에 있는 월향종합상점은 관광객들에게 북한의 특산품과 기념품을 파는 곳이다. 지난 가을 평양을 방문했을 때 이 상점 2층 미술품 매장에서 우연히 근원(根園) 김용준(金瑢俊) 선생의 수묵화 한 점을 만났을 때 나는 무척 반가웠다. 40년 전 평양에서 돌아가신 분의 흔적이 이렇게 남아 있다니, 놀랍기도 했다.

  그 그림은 가로 40cm 세로 80cm쯤 되는 한지에 먹과 담채로 치마저고리 차림의 여자 어린이가 큰 물뿌리개로 화분에 물을 주고 있는 모습을 그린 작품이었다. 그림의 왼쪽은 대나무잎으로 처리했고, 가운데는 꽃과 관엽식물이 심긴 3개의 고풍스런 화분이 배치되어 있었다. 그림 우측 아래쪽에는 세로로 '一九五六 김용준' 이라고 쓰고 낙관이 찍혀 있었다. 표구를 하지 않고 싸구려 서양화 유리액자에 넣어 있어 언뜻 보면 벼룩시장 물건처럼 보였다.

그림을 잘 모르는 내 안목으로 보기에도 소녀의 얼굴과 의상, 그리고 화초를 쓱쓱 그린 붓놀림이 예사롭지 않다. 무엇보다도 그림에서 넘쳐나는 문기 어린 품격은 오늘의 북한 그림에서는 찾아 볼 수 없는 것이었다. 그림에 붙어 있는 가격표를 보니 8,000유로였다. 우리 돈으로 1천만 원이 넘는다. 그 그림을 서울로 가져가고 싶은 생각은 간절했지만 내 주머니에는 그만한 돈이 없었다. 누군가 뜻이 있는 분이 사들여 잘 소장하고 두루 나누어 볼 기회를 베풀기를 바랄 뿐이었다.

근원은 이른바 월북 예술가로 분류된다. 오랫동안 월북 예술가들은 우리에게 접근해서는 안 되는 타부의 대상이었다. 북쪽에서 잘 된 사람들은 더 금기시되었다. 북쪽에서 잘못된 사람들은 북에서도 남에서도 모두 기피 대상이 되었다. 근원은 한 때 북에서도 불우하고 남에서도 잊혀졌던 사람이었다. 다행히 80년대 월북 예술가들에 대한 해금이 이루어지면서 그들의 작품은 우리 문화유산으로 편입되었나. 그 중에서 각광을 받은 분 중 한 사람이 근원선생일 것이다.

어떤 학자는 우리에게 문학과 역사와 철학을 고루 갖춘 근원 같은 대인문학자를 가진 것은 행운이라고 했다. 그는 화단의 선구자이면서 미술평론가이자 미술사가로 우리 미술사를 처음으로 체계 있게 정리한 분이다. 그러나 더 많은 사람들에게 그는 수필문학의 새로운 경지를 개척한 분으로 알려졌다. 그의 수필 「두꺼비연적을 산 이야기」는 고등학교 국어교과서에 실려 있다.

근원의 수필과 『조선미술대요』, 『조선시대 회화와 화가들』, 『고구려 고분벽화 연구』, 『민족미술론』 등 알려진 모든 저술은 미술서적 전문 출판사인 열화당이 6권의 전집으로 묶어 출간하였다. 한국미술사를 공부하는 학도들에게 그의 저술은 필독서다.

근원에 대한 여러 증언을 종합해 보면 그는 투철한 민족주의자이긴 해도 마르크스주의자는 아니었던 듯하다. 그의 수제자였던 한국화가 서세옥 선생은 사상적으로 본다면 그는 "오히려 우익 중에서 극우에 속할 것"이라고 회고했다. 서울대 예술대학 창설의 실무를 모두 맡아서 했던 근원은 이른바 국대안 반대로 동맹 휴학을 한 학생들의 처벌에 반대하여 교수직을 사퇴했다가 6·25 동란이 터지고 서울이 점령되었을 때 얼떨결에 불려 나와 예술대학 임시학장을 맡았다. 그것이 빌미가 되어 월북을 하지 않을 수 없게 되었다는 것이다.

월북한 후의 근원의 동향에 대해서는 김정일의 첫 부인 성혜림의 언니 성혜랑이 쓴 회고록 『등나무집』에 언급되어 있다. 근원은 월북 후 1953까지 평양미술대학 교원으로 일했고, 그 후 55년까지 과학원 고고민속학연구소에 배치되어 일했다. 근원은 성혜랑이 결혼해서 살던 경림동 문화인 아파트의 바로 이웃집에 살았다. 집만 같은 것이 아니라 직장도 같은 건물이었다. 성혜림은 근원을 존경했고 웃어른으로 깍듯이 모셨다. 성혜랑이 회상하는 근원은 "북조선 50년에 보고 죽으려고 해도 다시 없을 그런 세련된 품위"를 갖춘 사람이었다.

근원이 월북한 후의 행적에 관해서는 미국 아리조나 주에 사는 미술품 수집가 이충렬씨가 소중한 자료들을 발굴해 블로그에 올려놓았다. 이 씨는 평양과 모스크바를 여러 차례 방문하여 근원을 비롯한 월북 예술인들에 대한 자료를 모아서 글과 사진 자료로 정리해 놓았다. 사진 자료 중에는 근원이 월북 후 휴전이 이루어진 1953년까지 재직했던 평양미술대학의 피난학교 모습을 찍은 것 여러 컷이 있었다. 명색이 미술대학이지 평안북도 피현군 송정리 벽촌의 허름한 농가에 개설한 전시 가교사에서 수업을 하는 장면들인데, 모델을 앉혀 놓고 사생을 하는 모습도 있어서 이채롭다.

소련의 레핀미술학교 교수를 지냈던 조선인 화가 변월룡이 그린 근원의 초상화 2점도 올라 있다. 변월룡은 당시 소련 당국에 의해 북한의 미술교육 고문관으로 파견 나와 있었고, 근원과는 마음이 잘 통하던 동지였던 듯하다. 한 점은 연필화고 다른 하나는 유화이다. 유화 속의 근원은 검은 양복에 넥타이를 매고 머플러까지 걸친 모습이다. 성혜랑의 자서전에서도 근원은 진곤색 더블 외투와 자주색 머플러, 초콜리트색 중절모와 색안경에 파이프를 문 신사로 묘사되어 있다. 부르주아지 냄새가 물씬 나는 옷차림만 보아도 그는 북의 풍토에 적응하기 어려운 사람이었고, 북에서도 그를 받아들이기 어려운 사람으로 보았을 것이다.

이 씨에 의하면 50년대 북한 화단에서는 사회주의 조선화의 발전 방향에 대한 논쟁이 있었다. 근원이 조선미술가동맹 조선

화분과위원장을 맡고 있던 무렵이었다. 전통적인 조선화의 전통에선 근원은 담채 묵화를 주장했고, 다른 쪽은 북화 전통의 채색화를 주장했다. 근원은 왜색풍의 채색화를 몹시 싫어하고 경멸했다. 그러나 이 싸움에서 근원이 밀리고 채색화파가 승리를 거두었다. 이후 북한의 그림은 채색화 일변도로 발전을 했다.

1955년 5월 레닌그라드에 있던 변월룡에게 쓴 근원의 편지에는 "나는 조선 묵화의 현상에 대하여 혼자서 애태우고 있습니다. 똑바로 말하여 묵화의 경지와 그 올바른 방향으로 이해를 가진 사람은 조선에 거의 없습니다. 내가 당하고 있는 애로도 선생이 계시면 해결될 일이 한두 가지가 아닙니다."라고 호소하고 있다. 또 종이와 먹과 채색도 구할 길이 없고 도와 주는 사람도 없어서 8·15 전람회에는 출품 못할 것 같다는 구절도 있다. 내가 평양에서 본 근원의 그림은 이 편지를 보낸 다음 해에 그린 것이다.

성혜랑에 의하면 근원은 자살로 삶을 마감했다. 아파트 파지 수매소에 내놓은 근원 선생 댁의 파지에서 김일성 수령의 초상화가 실린 신문이 발견되어 말썽이 생기자 스스로 목숨을 끊었다는 것이다. 수령의 초상은 정중히 모시고 철저히 보위해야 한다는 지침에 따라 수령의 초상이 실린 신문은 초상화를 오려내고 팔도록 되어 있었다.

성혜랑의 책에는 근원이 자살한 정확한 시기는 나오지 않는다. 그러나 북한에서 발간된 『조선역대미술가편람』에는 사망일이 67년 11월 3일로 되어 있다. 근원이 65세가 되던 해이고, 북한에서 유일사상 체계확립이 공식화된 당중앙위 4기 15차전원회의가 열리던 해였다.

이 무렵에는 남에서 올라간 사람들이 거의 다 숙청되었을 때이고, 근원도 더 이상 삶에 대한 의욕을 잃고 있었을 것으로 보인다. 조선 선비와 일본 유학을 한 식민지 지식인 근원이 빨치산 문화가 득세를 하는 판국에서 설 자리가 없었을 것이다. 피비린내 나는 정치권력과 이데올로기 투쟁에서 예술인과 예술은 무력하기 짝이 없는 존재일 뿐이다. 북한의 예술은 정치권력자들의 눈높이에 맞추어졌다. 김일성이 판소리를 '쉰소리'라고 싫어하자 북에서는 판소리가 설 자리를 잃고 사라진 것이 단적인 예이다.

지난해 봄 나는 성북동을 방문하여 그곳에 살던 분들의 발자취를 더듬어 본 적이 있다. 근원의 수필은 그가 해방 전에 살았던 성북동을 무대로 쓴 것이 많다. 성북동은 당시 민족주의적 지식인들이 많이 살던 곳이었다. 조선총독부를 미워하던 한용운(韓龍雲) 선생이 총독부를 등진 자리에 있는 심우장(尋牛莊)에 한때 기거했다. 월북 작가 상허(尙虛) 이태준(李泰俊)이 아이들을 키우며 살던 살림집 수연산장도 심우장 맞은 편에 있다.

우리 수필 문학의 두 거봉인 근원과 상허는 동갑내기인데다 매우 가까운 사이였다. 두 사람은 동경유학 시절에도 백치사(白痴舍)라는 이름의 하숙집에서 함께 지냈고, 옛것을 좋아하는 취향도 같았다. 상허의 작품집과 그가 주간으로 있던 문예지 『문장』

의 표지는 모두 근원이 장정해 주었다. 상허는 근원이 살던 성북동집의 옥호를 노시산방(老柿山房)으로 지어 주었다. 상허도 월북을 했으나 불우하게 일생을 마쳤다. 남과 북 사이에서 방황하는 인물을 주인공으로 한 자전적 소설 『먼지』가 문제가 되어 더 이상 글을 쓰지 못하고 지방으로 내려가 쓸쓸한 생을 마친 것으로 알려졌다.

그러나 상허의 저작들도 전집으로 정리되어 나왔고, 그의 수필집 『무서록』(無序錄)은 지금도 꾸준히 팔리고 있다. 근원이나 상허 모두 불우하게 생을 마쳤지만 그들의 붓과 펜에서 나온 노작들은 험난한 시대를 뛰어 넘어 살아남은 것이다. 펜은 검보다 강하다는 격언의 명징한 실례라 할 것이다.

상허가 살던 성북동의 수연산방은 그의 먼 친척이 찻집을 겸한 기념관으로 꾸며서 잘 가꾸어 놓고 있다. 주인에게 근원의 노시산방이 어디쯤 있었는지 아느냐고 물었더니 "이 부근에 있었다는 이야기는 들었지만 어딘지는 모르겠다"고 했다.

근원이 살던 1930년대의 성북동은 서울이 아니라 경기도 양주군이었지만 지금의 성북동은 서울의 한복판이 되어 천지개벽을 겪었다. 노시산방의 흔적은 찾기 어렵게 되었지만 그곳에 있던 근원이 매우 아끼던 괴석은 제자인 서세옥 선생이 옮겨다 잘 보관하고 있다는 이야기를 들었다.

(2008. 12.)

"거짓말하면 못산다"

경기도 양평의 수진원은 전통 장류를 생산하는 농장이다. 6년 전 아는 분의 소개로 이 곳을 처음 방문하였을 때 나는 정문에서부터 한대 얻어맞은 기분이었다. 문기둥에 붙어 있는 "거짓말하면 못산다"고 큼직하게 써 붙인 현판의 문구 때문이었다.

자기가 하고 싶은 말을 이처럼 통쾌하고 당당하게 대문에 써 붙이는 분은 누구일까? 짐작컨대 대단한 고집과 자부심을 가진 사람일 것이다. 스트레이트 펀치처럼 직설적 표현을 피하지 않는 사람이라면 앞과 뒤가 다른 사람은 아닐 것 같았다.

짐작은 크게 틀리지 않았다. 팔순의 농장주 정두화 옹은 강한 눈빛에 각진 얼굴, 고령에 걸맞지 않은 다부진 체격을 지닌 분이었다. 첫 인상에 의지가 강하고 고집이 대단한 분으로 비쳤다. 얼핏 마피아 영화의 대부 같은 느낌을 받았다.

인상은 온화한 할아버지 상과는 거리가 멀었지만 잠시 이야기를 나누다 보니 의외로 예의가 바르고 또 정이 많은 분이었다.

목소리가 카랑카랑한 정 옹은 손아랫사람에게도 깍듯이 경어를 썼고 할 말을 천천히 힘주어서 또박또박 하는 것이 인상적이었다.

간장과 된장을 사러간 우리 내외는 그날 초면인 정 옹과 3시간 가까이 함께 보내면서 많은 이야기를 나누고 농장의 밭과 시설을 두루 둘러볼 기회를 갖게 되었다. 유난히 정이 많아 보이고 곱게 늙으신 안주인 때문이었다. 마침 점심 때가 되어 밥상을 차리던 할머니는 "우리 집에 처음 오셨지? 그러면 우리 집 된장을 맛보신 적이 없겠군. 사기 전에 먼저 잡숴 보셔."하면서 우리 내외를 할아버지와 함께 식사를 하도록 자리를 마련한 것이다. 어쩌면 이야기 상대가 없어 무료해 하는 정 옹에게 우리 내외를 말벗으로 붙여 주셨는지도 모른다.

식사를 하면서 벽에 걸린 포은 정몽주 선생의 초상화가 눈길을 끌었다.

"포은(圃隱) 후손이세요?"

"예, 제가 19세째랍니다."

초상화 밑에는 연일 정(延日 鄭)씨 가계도가 걸려 있었다. 다른 벽에는 "까마귀 노는 골에 백로야 가지 말라……"는 포은의 유명한 시조가 다소는 서툰 서체로 쓴 현액이 걸려 있었다. 이분의 정신적인 지주가 무엇인지 미루어 짐작이 갔다.

안주인의 친절한 배려로 우리 내외는 수진원의 된장과 간장, 그리고 콩으로 만든 맛있는 점심을 얻어 먹은 후 정 옹의 안내로

3만 평이 넘는 농장의 구석구석을 구경할 수 있었다. 2만 평이 넘는 콩밭에는 농촌진흥원에서 육종했다는 신품종 우리 콩이 자라고 있었다. 수백 주의 은행나무가 농장의 곳곳에 심어져 있었다.

농장의 높은 지대에는 콩과 고추를 건조하는 건조실, 콩을 삶아서 메주를 쑤는 공장, 메주를 석 달 동안 띄우는 발효실, 사무실을 겸한 실험실, 천일염을 묵혀 두는 창고, 그리고 6백여 개의 한 섬들이 항아리가 도열한 장독대가 있었다. 모든 시설과 비품이 마치 제약공장처럼 정갈하고 잘 정돈되어 있었다.

수진원 농장은 가급적 모든 원료를 자급자족한다는 원칙을 지키고 있다. 콩은 직접 재배한 콩만 쓰고, 고추장을 만드는 찹쌀과 현미식초를 만드는 현미도 직접 재배해서 쓴다. 소금은 염전을 방문하여 직접 사들여 창고에 3년 이상 묵혀서 간수와 불순물이 완전히 빠진 것을 쓴다.

농장견학이 끝나고 차를 한잔 나누는 자리에서 정 옹은 힘주어 말했다.

"식품을 만드는 사람은 정직해야 해요. 가족들이 먹는 것인데 제대로 된 재료를 쓰고 정성과 사랑을 쏟아야지요. 그런데 죄다 속이고 거짓말만 하니……"

우리 내외가 전원주택에 살면서 조그만 텃밭을 가꾼다는 이야기를 듣자 정 옹이 정색을 하면서 권유한다.

"콩처럼 좋은 식품이 없어요. 콩을 심어 보세요. 내가 종자를 드릴테니. 콩 한 말이면 한 가족의 장을 담글 수 있어요. 우리 집에서 장을 사다 드시지 말고 직접 담가서 드세요. 필요한 것보다 한 열 배쯤 담가서 아는 분들에게 나누어 드리세요. 집집마다 장독대가 있어야 합니다. 그래야 건강을 지키지요"

6년 전의 첫 방문 이후 우리 내외는 수진원의 단골 고객이 되었다. 나의 시골집에서 내가 키운 아욱과 배추에 2년 묵은 수진원 된장으로 끓인 국을 먹어 본 벗들은 두고두고 그 맛을 이야기한다.

또 그날 정 옹이 주신 콩으로 이듬해 나는 난생 처음 콩을 재배하여 가을에 한 말쯤 수확했다. 그러나 장을 담는 것은 엄두가 안나 두 손 들고 말았다. 정 옹과의 약속을 못 지켰지만 대신 맛있는 콩나물과 두부를 만들어 먹을 수 있었다.

장이 떨어질 때가 되면 우리 내외는 택배로 주문을 하지 않고 나들이 삼아 수진원에 직접 가서 산다. 정 옹 내외분을 뵙고 농장을 둘러보는 재미가 기다리고 있기 때문이다. 용문산에서 내려오는 흑천의 맑은 냇물이 칠읍산 산자락을 휘돌아 나가는 농장 주변은 겨울을 제외하고는 늘 사람들이 몰려와 물놀이와 낚시를 하는 명소다.

두 번째 갔을 때는 "거짓말하면 못산다"는 현판은 정문에서 떼어 내서 부속사 건물 한 켠으로 자리를 옮겨 있었다. 누군가 그것을 옮기도록 권유를 한 것일까? 대신 정원에 새로 세워 놓은 다소 투박한 입간판이 눈에 띄었다. '情' 자를 크게 써 놓고 그 밑에 작은 글자로 "情은 영원하리"라고 씌어 있었다. 할아버지가 써 붙이는 것을 무던히도 좋아하시는 모양이라면서 우리 내외는 서로 쳐다보며 웃었다.

실제로 정 옹은 정이 많은 분이라 우리가 무엇을 좀 사면 판매 담당 직원에게 지시하여 이것저것 덤으로 얹어 주라고 지시하신다. 어떤 때는 받는 사람이 미안하여 말릴 정도이다. 그렇게 해서 우리는 수진원에서 만든 현미식초와 콩도 덤으로 얻어 먹고, 정 옹이 창업한 말표 구두약과 유리창 세정제도 선물받았다.

수진원을 경영하는 목적이 돈을 벌자는 아니라 우리 전통 장류의 맥을 잇고 널리 알리기 위해서인 양싶다. 만날 때마다 정 옹은 우리 장류에 대한 전도사 역할을 성실히 하셨다. 좁은 우리나라 땅에서 가장 중요한 먹거리는 콩이며, 그 중 콩으로 만든 장류가 매우 중요하다, 우리 전통 장류의 우수성은 입증이 되었는데도 제대로 만드는 데가 없다, 그냥 두면 이 소중한 음식문화가 사라져버릴 것 같아 이 사업을 시작했다, 일본에서는 학교에서 어린이들에게 간장과 된장, 청국장을 만드는 법까지 가르쳐 주는데 우리는 왜 전통 장류를 집에서 만들지 않고 사먹느냐, 그러다 보면 전 국민이 일본식 된장을 먹게 될 날이 올지도 모른다. 대충 이런 이야기를 자주 들은 걸로 기억된다.

소학교 3학년 때 고향을 떠난 정 옹은 17세 때부터 사업을 시작하여 성공한 전형적인 자수성가형 인물이다. 한때는 김구 선생을 흠모하여 경교장을 자주 드나들었다. "그런 애국자를 한번

뵈면 너무나 자랑스러워서 가슴이 뛰고 잠이 안 올 정도"였다고
그때를 회상한다.

50년대 중반 정 옹은 청량리에서 '태양사'란 상호로 사업을 하
고 있었다. 주로 콩나물을 길러 군납을 하는 업체였다. 콩과의
오랜 인연이 그 때 시작되었는지 모른다. 이 무렵 포항제철의 신
화를 일군 박태준과의 인연이 맺어졌다. 두 사람은 고위 장교와
군납업자로 만났지만 그 관계는 부패한 유착 관계가 아닌 고집
센 원칙주의자들끼리의 의기투합이었다. 중앙일보에 연재되었
던 박태준의 「남기고 싶은 이야기」에 그 이야기가 나온다.

자유당 말기, 박태준이 육군대령 시절 25사단 참모장으로
부임했을 때 그는 부대 장병들이 김치를 먹지 않고 버리는 것
을 보았다. 버린 김치가 잔반통에 수북이 쌓여 있는 것을 보
고 책임자들을 불러 추궁해 보니 그 김치는 톱밥으로 만든 가
짜 고춧가루로 담갔기 때문에 맛도 없고 소화도 안 되어 장병
들이 안 먹는다는 것이다. 박 참모장은 당장 납품업자를 불러
이를 추궁했다. 납품업자는 우물쭈물하며 준비해 간 돈 봉투
를 내밀었다. 박대령은 "총으로 쏘기 전에 꺼지라"며 쫓아버
리고 보급장교에게 진짜 고춧가루를 구해 오라고 명령했다.

이 때 보급장교가 찾아간 사람이 바로 정두화 옹이었다. 정
옹은 25사단의 고춧가루 공급 건을 두고 당시 돈 500만 원을
바치라는 요청을 거부하여 납품이 좌절된 상태였다. 정 사장

의 도움으로 진짜 고춧가루를 납품받은 박 대령은 제대로 된
김치를 담아 장병들에게 먹일 수 있었고, "이 사건을 계기로
나는 평생 친구를 한 사람 만나게 되었다."고 술회했다.

얼마 전 정 옹을 만나 이런 이야기를 꺼냈더니 잠시 생각에 잠
긴 뒤 이렇게 말했다.

"그런 분이 열 명만 있었어도 우리나라가 무척 잘되었을 꺼예
요. 그 분과 보낸 시간도 많았고, 그분에게서 제가 참 많은 것을
배웠습니다."

훗날 박태준이 대한중석공사 사장이 되었을 때 친구 정 사장에
게 신세를 갚을 기회가 생겼다. 당시 정 사장은 구두약 공장을
하고 있었는데 기술이 모자라 품질이 그다지 좋지 않았다. 제대
로 된 구두약이 없어서 군수용 군화의 소모가 심한 것을 늘 안타
깝게 생각하던 박태준은 정 사장의 회사와 일본의 구두약 기업
인 3H사와 합작을 주선해 주었다. 합작을 계기로 정 사장은 품
질 좋은 구두약을 만들어 돈을 벌었고, 50이 되었을 때 사업을
후계자에게 물려주고, 자신은 "농사나 지으며 수양을 하겠다"면
서 은퇴했다. 그 이래로 정 옹의 좌우명은 '농사' 와 '수양' 이었
다. 한창 잘나가던 사업가로서는 뜻밖의 선택이었다.

정 옹은 1970년 고향의 황무지와 다름없던 지금의 농장 터 3
만 평을 사들여 이주를 했다. 제대로 된 전통 장류를 만들어 보
자는 생각에서 정옹이 고향에 돌아와서 처음 시도한 것은 동네

사람들에게 콩을 나누어 주고 된장을 만들도록 하는 것이었다. 좋은 간장과 된장을 확보하고 가난한 농가의 소득에 보탬이 될 수 있다는 배려에서였다. 그러나 정 옹의 믿음만큼 따라 주는 사람이 드물었다. 원료를 빼돌리고 제대로 된 장이 나오지를 않았다.

시행착오 끝에 내린 결론은 직영체제로 갈 수밖에 없다는 것이었다. 그때부터 기술 습득을 위해 전통 장류의 맥을 잇는 장인들을 두루 만났다. 마침 고종과 순종 임금의 수라를 받들었던 상궁들이 생존해 있을 때였다. 이 분들을 만나러 부지런히 낙선재를 드나들었다.

궁중음식 인간문화재 황혜성 여사의 도움도 컸다. 정 옹과 궁중요리 인간문화재 황 여사는 동갑이자 같은 길을 걷는 가까운 친구가 되었다. 황 여사의 기여에 대한 보답이라도 하듯 수진원 안에는 지금도 울타리를 두르고 팻말을 써 붙인 '황혜성 장독대'가 따로 마련되어 있다.

그렇게 시작한 장류 개발이 이제는 30년이 넘고 자리도 잡혔다. 그동안 해외여행 한 번 안 하고 정성을 쏟아 넣었다. 우리 전통 장류의 맥을 잇는다는 것과 좋은 식품을 만들어 이웃과 나누어 먹는다는 생각으로 사업을 시작한 것이기에 수익은 그다지 신경 쓰지 않았다. 농장의 적자는 말표 구두약에서 번 돈으로 메워 나갔다. 광고나 홍보도 하지 않았다. 그러나 수진원의 제품은 품질을 아는 사람의 입소문을 통하여 널리 알려져 있다. 우리나라 굴지의 조미료회사 사장도 고객이라는 이야기를 들었다.

광고를 안 하는 데도 정 옹 나름의 철학이 있다. 광고를 하면 광고비만큼 물건 값이 비싸지는데 그럴 바에는 그 비용으로 품질을 더 좋게 만들면 더 잘 팔릴 것이라는 설명이다. 현대의 마케팅 이론과는 거리가 먼 발상이지만 소비자의 실속을 중시하는 아름다운 고집이다. 정 옹이 창업한 말표산업(주)도 수백만 달러의 수출을 하는 큰 기업이면서 광고를 안 하는 기업으로도 유명하다.

요즘 정 옹이 방문객에게 주는 명함에는 '머슴 정두화'라고 새겨져 있다. '머슴'이 직위인지 아호인지 헷갈려서 물어본다. 정 옹의 대답이다. "머슴은 남의 것을 뺏어 먹는 재주가 없어요. 사람의 주인은 자연인데, 자연이 주는 대로 받으면서 살아야지요. 머슴은 정성만 심으면 됩니다." 콩심은 데 콩 난다는 평범한 진리를 설파한 것일까?

문득 떠오르는 단어가 있다. 도산 안창호 선생이 늘 강조하던 무실역행(務實力行)이다. 사전적인 말 풀이로는 "참되고 실속있도록 힘써 실행함"이다. 무실역행은 입으로 외는 주문이 아니라 몸으로 실천하는 것이다. 몸으로 실천하려면 머슴정신을 가져야 할 것이다.

이 글을 마치면서 지난 연말 수진원에 갔을 때 정 옹이 낙상을 하셔서 병원에 입원했다는 말을 들은 것이 마음에 걸려서 전화로 근황을 여쭈어 보았다. 안주인께서 전화를 받으셨는데, 아주

밝은 목소리로 이제 다 나으셔서 건강하시다고 했다. 언젠가 정
옹이 조금은 자랑삼아 이야기해 주어서 알게 된 사실이지만, 지
금도 고운 모습의 안주인 장치희 여사는 젊은 시절 악극단에서
이름을 날리던 여배우였다.

(2005. 3.)

마음이 담긴 정원

　시골에서 살면서 꽃과 나무에 마음을 붙이고 살다 보니 꽃과 나무가 모여 있는 공원, 수목원, 식물원을 즐겨 찾게 된다. 어쩌다 해외여행을 갔을 때도 시간이 나면 부근의 유명하다는 수목원이나 정원을 찾아가 보고 책과 종자와 구근을 한 보따리 사들고 온다.

　전문가들이 솜씨 좋게 잘 가꾸어 놓은 정원은 보는 이의 입을 딱 벌어지게 만든다. 배울 것도 느낄 것도 많다. 그러나 살림집의 꽃 마당을 구경하는 일도 그에 못지않게 재미있다. 살림집 정원 중에서도 집주인은 손끝도 까딱하지 않고 조경업자가 흔한 격식대로 꾸며 주고 관리해 주는 정원은 흥미가 덜하다. 집주인이 땀 흘려 직접 꾸미고 가꾼 정원, 주인의 일상적인 삶의 모습과 마음이 그대로 담긴 정원이 마음을 끈다. 유태인들의 속담에 "정원을 보면 그 주인을 알 수 있다."(As is the garden, such is the gardener.)라는 말이 있다. 정원은 그 주인의 심성을 반영하게 마련이다.

　강원도 산골에 있는 Y여사 댁의 집과 마당은 그 주인의 마음을 잘 담고 있었다. 그 댁은 원주시 문막읍에서 지방도로를 타고 한참 달리다 다시 승용차는 올라가기 힘겨운 비포장 산길로 4킬로쯤 들어간 산간 분지에 있다. 조금 과장하면 하늘이 이불보 만큼만 보이고 산과 산 양쪽 사이에 빨랫줄을 걸 수 있는 곳이다. 겨울에 눈이 오면 네바퀴 굴림 지프차도 오르내리기 힘들어 아침이면 왕복 50분을 걸어서 마을의 우체국으로 신문을 가지러 가야 하는 곳이다.

　그러나 이 댁의 30평짜리 수수한 단층집과 앞마당을 보면 "아, 이런 곳에서 한번 살아 보고 싶다."는 생각이 저절로 든다. 무엇이 그런 생각을 불러일으키는 것일까 생각해 보니 그것은 꽃과 나무의 힘이었다. 이 댁은 집 안팎 요소요소에 잘 가꾼 화분이 배치되어 글자 그대로 작은 꽃대궐을 이루고 있다. 심지어 부엌에도 천창을 달아 햇볕을 끌어들여 여러 가지 화분을 키우고 있다. 식물이 주는 부드러운 선과 아름다운 색이 인공구조물의 무뚝뚝한 선을 모두 중화시켜 전체적으로 사람의 마음을 끌어당기는 공간을 연출하고 있었던 것이다. 식물이 가지고 있는 섬세한 아름다움을 익히 알고 조형감각이 탁월한, 아는 사람만이 할 수 있는 일이다.

　내외분이 남의 손을 빌리지 않고 손수 돌밭을 일구어 만든 앞마당에는 소박한 아름다움이 있었다. 마당을 속되게 만드는 튀는 물건, 잡스러운 물건들이 없기 때문일 것이다. 집 주변과 계곡에 널려 있는 돌들을 정돈하여 바닥도 깔고 축대도 쌓았는데 그것이 이 산촌의 주변 환경과 잘 어울렸다. 이런 것들이 집주인의 삶에 대한 마음과 태도를 보여주는 것이 아닐까 생각했다.

집 안팎의 수십 개 화분에 물을 주고 시중을 들기 위해 외출도 여행도 부부가 교대로 하고, 외출을 해도 볼일을 서둘러 마치고 돌아온다고 했다. 요즘은 집 뒤에 새로 넓은 꽃밭을 만들어 우리 자생식물을 공부하면서 열심히 가꾸고 있다고 했다.

이곳에 만년의 살 터를 잡은 Y 여사 내외는 꽃과 나무와 더불어 벌써 6년째 '원시인처럼' 산다고 했다. 이 분은 이름을 대면 누구나 알 만한 여성지도자로 한때 국회의원도 지냈던 분이다. 부군은 공군 고위 장성으로 예편 후 유학을 가서 박사학위를 받고 대학총장까지 지낸 수재형 신사다. 내외분의 사회적 명망에 비해 그들이 사는 집이나 하루하루의 삶은 이처럼 질박했다.

"우리 내외는 아침 식사가 끝나면 각자 할 일을 하러 헤어지고 식사 시간에만 만납니다. 해도 해도 할 일이 끝이 없어요."

전지가위 세트를 늘 허리에 차고 다니는 Y 여사의 삶은 꽃과 나무와 함께 하는 삶이다. 생명체란 늘 변하는 모습을 보여 주므로 이들과 함께 하는 삶은 늘 경이감과 기대감으로 차 있게 마련이다. 사회에서나 가정에서 해야 할 일을 모두 성공적으로 마친 분들이 산간오지에서 꾸며 나가는 제2의 인생은 꽃과 자연이 있어서 풍요로워 보였고, 내외분의 꽃마당은 생명에 대한 섬세한 사랑이 배어 있기에 아름다웠다.

곤지암에 있는 도예가 K 선생의 보원요는 언제 가도 마음이 편안한 공간이다. 얼마 전 이 분의 수필집 출판기념모임을 한다기에 그곳을 다녀왔다. 그곳은 화려할 것도 야단스러울 것도 없는 자연스럽고 옛스러운 고향의 마당이다. 아름드리 굴참나무, 상수리나무가 듬성듬성 들어선 입구에서 걸어 들어가다 보면 울창한 숲을 등지고 길게 이어진 마당에 돌각담과 장독대와 잘생긴 바윗돌들이 정겹다. 조그만 연지를 끼고 있는 이엉 지붕의 정자는 한잔의 차와 탈속한 대화가 오갈 만한 공간이다.

마사토가 깔린 이 댁의 앞마당에는 늘 비질 자국이 선명히 나 있다. 누군가 매일 정해진 시간에 마당을 쓴다는 징표다. 아마 이 일은 K 선생의 정해진 새벽 일과 중 하나일 것이다. 그 마당에서 나는 잔디를 간 내 마당을 생각했다. 빗자루로 쓴 마당은 우리 전통식 마당이고, 잔디를 심은 것은 얼치기 양식 마당이 아닐까? 무덤에나 있던 잔디가 민가의 마당에 들어선 것은 개화 후 양풍이 들어온 이후의 일일 것이다. 우리의 고궁에도 잔디밭은 없다.

본채에서 좀 떨어진 곳에는 E자형으로 돌로 벽을 쌓고 이엉을 얹은 뒷간이 있다. 나는 문이 없는 그 뒷간을 볼 때마다 그 조형미와 실용성에 감탄한다.

이 댁 마당의 꽃 심기는 요란하지가 않다. 큰 마당에 좀 모자란 듯하게 심은 것이 오히려 보는 이의 마음을 편안하게 한다. 우리 전통 정원의 나무와 꽃 심기의 큰 원칙이 있다면 바로 이런 것이 아닐까 생각해 본다. 서양인의 집에 가면 그 집의 모든 좋은 물건을 마치 상점 마냥 잘 보이도록 늘어놓는다. 정원도 온갖 꽃들을 빽빽하게 어우러지도록 심는다. 꽃을 꽂는 방식도 마찬가지다. 여백을 싫어한다. 여백의 미감을 중시하는 것이 우리의 미학이 아니겠는가.

본채 뒤편 산에서 흘러내리는 물이 모여서 이룬 작은 폭포는 마당을 가로 질러 작은 연밭으로 흘러 들어가고, 연밭에는 홍련과 백련이 빼곡히 머리를 내밀고 있다. 8월의 연꽃 철에 꽃을 보러 꼭 다시 한번 와야겠다고 작정해 본다.

마당의 외곽으로는 K선생댁의 자연주의 밥상을 풍성하게 하는 각종 채소가 잘 가꾸어져 있다. K선생의 작품은 집 주변의 자연 환경에서 관찰하는 소재들이 주종을 이룬다. 선생의 작품에 많이 나오는 연잎과 연밥, 개구리와 물고기는 주변에 살아 숨쉬고 있는 자연이다.

이 댁의 정원은 수행자들의 기강이 잘 서 있는 사찰을 연상시킨다. 사찰 경내외가 언제나 깔끔하게 잘 정돈된 절, 스님들이 수행 틈틈이 울력으로 채전을 가꾸고, 나무나 꽃은 잡스럽지 않고 품격이 있는 것을 골라서 가꾸는, 지금은 찾아보기가 쉽지 않은 그런 절 말이다.

도시에 사는 분이 이 글을 읽으면 부동산 대란시대에 뜬금없이 웬 정원 타령이냐고 빈정댈지 모른다. 하긴 그렇다. 도시의 땅값은 금값이라 정원을 갖는다는 것은 생각하기 어려운 일이다. 그러나 대도시를 떠날 용기만 있으면 내 마당을 가꾸며 사는 기쁨을 누리는 것은 그리 어려운 일이 아닐 것이다.

농촌인구의 고령화는 도시보다 더욱 빠르게 진행되고 있고, 시골에는 빈 집이 많이 나오고 있다. 사회 일선을 물러난 분들이 도심의 삶터는 한창 일하고 자녀를 키워야 하는 젊은이들에게 내 주고 시골로 내려와 인생의 오후를 즐겁게 보내는 것은 본인을 위해서도 사회를 위해서도 바람직한 일이 아닐까 한다. 고단하게 몸을 좀 움직일 각오만 할 수 있다면 말이다.

조선조 초기 선비로 시 · 서 · 화에 모두 능통하였던 강희안(姜希顏)은 꽃 가꾸기와 감상을 지극히 즐겨했던 분이다. 그가 지은 『양화소록』(養花小錄)에서 한 구절을 인용한다.

"사람이 한세상을 살면서 명성과 이익에 골몰하여 고달프게 일하는 것이 죽음에 이르도록 끝이 없다. 과연 무엇을 하는 것인가? 벼슬을 버리고 강호를 소요하지는 못한다 하더라도 공무의 한가한 틈에 맑은 바람 밝은 달 아래 향기 진한 연꽃과 그림자 뒤척이는 줄이나 부들을 대하거나 작은 물고기가 개구리밥의 수초 사이로 뛰노는 광경을 만날 때마다 옷깃을 풀어헤치고 거닐거나 노래를 읊조리면서 노닌다면 몸은 명예의 굴레에 묶여 있지만 마음은 세상사에서 벗어나 노닐 것이고 자신의 감정을 마음껏 표현할 수 있을 것이다."

(2006. 7.)

신우재 산문집
나무야 고맙다

2008년 12월 25일 초판 1쇄 인쇄
2008년 12월 31일 초판 1쇄 발행

지은이 신우재
펴낸이 허만일
펴낸곳 華山文化

등록번호 2-1880호(1994년 12월 18일)
전화 02-736-7411~2
팩스 02-736-7413
주소 서울시 종로구 통인동 6, 효자상가 A 201호
e-mail huhmanil@empal.com

ISBN 978-89-86277-93-7 03810
ⓒ 신우재, 2008